Haarscharf

Haarscharf
Roman

Christa Bohlmann

Bibliografische Information der Deutschen Bibliothek:
Die Deutsche Bibliothek verzeichnet diese Publikation in der Deutschen Nationalbibliografie; detaillierte Daten sind über
<http://dnb.ddb.de> abrufbar.
Alle Rechte auf Text und Bild vorbehalten
2016 Christa Bohlmann
Titelfoto: Alfred Rozenvalds
Herstellung und Verlag: BoD - Books on Demand
Norderstedt
ISBN 9783741291227
www.bod.de

Vorwort

Seitdem ich mich in meinen Büchern „Bittersüß" und „Apfelgrün und blutrot" mit Mordgeschichten befasste, habe ich immer wieder betont, dass ich niemals über die Planung oder Ausführung eines Mordes schreiben könnte. Aber man soll eben niemals „nie" sagen, denn im Buch „Haarscharf" kommt alles anders.

Wenn ich mit dem Schreiben eines Buches anfange, lege ich sozusagen „den roten Faden" fest und kann mir das Ende meiner Geschichte schon vorstellen. Will sagen, dass es wieder ein Happy End geben wird. Aber dann trieben die Gedanken manchmal Schabernack mit mir und verleiteten mich, genauer auf einen Mordfall und einen weiteren Mordversuch einzugehen. Ein ganz neues Terrain für mich, das muss ich gestehen.

Zunächst geht es noch recht beschaulich für meine Titelheldin Gisela Koch und ihre Freunde zu, doch dann kommt es ganz dicke

und die Gute gerät in große Gefahr. Haarscharf kommt sie mit dem Leben davon. Auch in diesem Buch klärt Gisela Koch einen heimtückischen Mordfall auf, der in Bassum begangen wurde.
Die Handlung und die Akteure sind frei erfunden. Dennoch findet sich der Leser in Osterbinde und Bassum wieder, denn er trifft auf reale Personen, Straßen und Geschäfte.

Ein herzliches Dankeschön an mein Helferteam, das mich bei der Korrektur, bei der Covergestaltung bei der technischen Umsetzung unterstützt hat.
Einen besonderen Dank an Brigitte, die auf meinen Wunsch hin wieder in Alfreds Kamera geschaut hat. Danke euch beiden.

Haarscharf

Anton Winkler war ganz gerührt, als er die Glückwünsche zu seinem 63. Geburtstag von seiner Mitbewohnerin Gisela Koch und deren Lebensgefährten Martin Jansen in Empfang nahm und er verdrückte sogar ein Tränchen der Rührung.
Schon zum zweiten Mal konnte er im Kreise seiner Mitbewohner aus der kleinen, aber feinen Senioren-Wohngemeinschaft in Osterbinde, einem Ortsteil von Bassum, diesen Tag begehen.
Vor fast zwei Jahren hatte das Schicksal diese drei Menschen zusammengeführt und es dabei allzu gut mit ihnen gemeint. Sie wohnten im Hause des Ehepaars Lindemann, das vor Jahren ein großes Anwesen von ihrem Arbeitgeber geerbt hatte. Eine Senioren-WG war die ideale Lösung für den großen Wohnraum, den die Lindemanns nicht alleine nutzen konnten.
Eben weil das Zusammenleben so harmonisch verlief, war Herr Lindemann bald auf die Idee gekommen, eine große,

nicht mehr benötigte Lagerhalle abzureißen, um dort ein neues Gebäude für eine weitere Senioren-Wohngemeinschaft entstehen zu lassen. Bis auf einige Innenarbeiten war das Haus bereits fertig gestellt, es fehlten lediglich die passenden Mieter. Die Lindemanns hatten die Suche danach vertrauensvoll in die Hände von Gisela Koch gelegt, denn ihr trauten sie die richtige Menschenkenntnis zu. Gerade sie hatte schon bei der Suche nach ihren Mitbewohnern das richtige Näschen bewiesen. Seit gut zwei Wochen bot Gisela die Wohnungen im Internet und in den hiesigen Zeitungen an.
Gisela Koch hatte bis zu ihrem 60. Lebensjahr in Bremen gelebt und gearbeitet. Ihre erste Station in Bassum war das „Immergrün", eine Anlage für betreutes Wohnen, gewesen.
Vor fast zwei Jahren war sie nach Osterbinde gezogen, und das war auch gut so.
Seitdem Gisela in Bassum wohnte, hatte sie schon zweimal einen Mörder überführen können. Ohne ihr Zutun wären beide Verbrechen vermutlich nie aufgeklärt worden, weil sie vertuscht werden sollten.

Doch dank ihrer Cleverness und ihrer Hartnäckigkeit hatte die sympathische Gisela unmöglich Scheinendes möglich gemacht.

Unterstützt wurde Gisela bei der Aufklärung des ersten Mordfalls durch Kalle Korn, dem in Syke wohnenden Ehemann ihrer Nichte Gaby.

Im zweiten Fall unterstützte sie tatkräftig Martin Jansen, Giselas Lebensgefährte und Mitbewohner. Mit von der Partie war auch, im Rahmen seiner Möglichkeiten, der gute Anton. Der allerdings war nahezu blind, doch auch er hatte mit guten Ideen zum Erfolg beigetragen.

Gisela wurde von allen im Haus verehrt, von Martin sowieso, denn er liebte seine Gisela von ganzem Herzen. Von Anton, dessen Rentnerdasein ohne Gisela ganz schön trist verlaufen wäre, denn sie brachte Schwung in sein Leben. Herr und Frau Lindemann bewunderten Giselas Fein- und Taktgefühl, über das sie auch noch im Ruhestand verfügte. Ihr Berufsleben hatte sie als rechte Hand des Chefs in der Anwaltskanzlei von Herrn von Horn verbracht.

Ohne es zu wollen war Gisela die heimliche Chefin im Hause Lindemann, denn alle sahen anerkennend zu ihr auf und trauten ihr einiges zu.

In der Woche, in der sie den zweiten Mord aufgeklärt hatte, war es ganz schön turbulent zugegangen und alle waren froh, als wieder ruhigere Zeiten angebrochen waren. Alle, bis auf Gisela, die sich schon wieder nach etwas „Action" sehnte. Es müsste ja nicht gleich wieder ein Mordfall sein, der sie fesselte, doch es könnte aber nicht schaden, denn dann verliefe das Leben etwas bunter und abwechslungsreicher.

In Syke hatte es Nachwuchs gegeben, und das machte Oma Gaby mächtig stolz und glücklich. Ihre Schwiegertochter Nadine und ihr Sohn Michael waren hingerissen von dem kleinen Bündel Mensch, das auf den Namen Mateo hören sollte. Gisela, Martin und Anton waren froh, dass sie die Glückseligkeit mit den Sykern teilen durften.

Gisela las gründlich die Briefe, Mails und WhatsApps in denen sich Interessenten über die geplante Senioren-Wohngemeinschaft informierten. Das neue Haus der Lindemanns hielt fünf Wohnungen bereit, zwei unten und drei in der oberen Etage. Jede war mit einem eigenen Bad und einer kleinen Küche ausgestattet und um die 70 qm groß. Unten gab es einen geräumigen Gemeinschaftsraum, eine großzügige Küche, einen Raum mit Sportgeräten für körperliche Aktivitäten und Platz für fünf Waschmaschinen und Wäschetrockner. Das Ehepaar Lindemann hatte versucht, an alles zu denken, was das Wohnen so angenehm wie möglich machte. Später sollte ein überdachter Laubengang eine Verbindung zwischen beiden Häusern herstellen.

Die neuen Wohnungen waren in der Tat exklusiv und hatten somit auch ihren Preis. In den Angeboten hatte Gisela bereits dezent daraufhingewiesen, dass diese Wohnungen nicht für „n Appel und n Ei" zu mieten waren.

So las Gisela das Schreiben von der 68-jährigen Annegret Schiffer aus der Sulinger Gegend, deren Mann vor gut einem halben Jahr verstorben war. Ihr machte es Angst, jetzt allein auf dem Bauernhof zu leben.

Keiner ihrer vier Kinder wollten damals den Hof übernehmen. Alle wohnten zu weit entfernt, um regelmäßig nach der Mutter sehen zu können. Frau Schiffer versuchte bereits seit Monaten, einen Käufer oder einen Pächter für das große Anwesen zu finden. Nach diesen Angaben sollte es bei ihr nicht an den Finanzen scheitern. Also kam diese Dame in die engere Wahl und wurde demnächst zu einem Gespräch geladen.

Vielversprechend war auch die Mail einer Frau Renate Hartmann aus Paderborn, die als Laborantin in einer Klinik gearbeitet hatte. Sie zeigte Mut für eine massive Veränderung ihrer Lebensumstände, obwohl sich ein „alter Baum", wie sie schrieb, schlecht verpflanzen ließ.

Interessant war auch das Schreiben eines Herrn Bartels aus Hoya, der für sich und seine Frau ein neues Domizil suchte. Nachdem das Ehepaar ihr Geschäft aufgegeben hatte, sahen sie ihre Zukunft in einer Senioren-WG. Auch sie waren noch auf der Suche nach einem Käufer oder Pächter für ihr Wohn- und Geschäftshaus. Allerdings war Herr Bartels bereits 79 Jahre

alt, seine Frau fünf Jahre jünger. Somit wären sie die ältesten Mieter, aber Gisela wollte sich die beiden einmal ansehen und zog auch sie in die engere Wahl. Weshalb nicht auch ein Ehepaar?
Der nächste Kandidat, der die gründliche Vorauswahl durch Gisela bestanden hatte, war Hans Meyerholz, ein 65-jähriger Förster aus dem Raum Bruchhausen-Vilsen. Durch sein Bewerbungsschreiben gehörte er zu den Kandidaten und wurde später zu einem Gespräch geladen.
Einige Bewerber konnte Gisela getrost gleich aussortieren, denn die Alters-, Standes- und Bildungsunterschiede waren zu groß. Die einen verwechselten die Senioren-Wohngemeinschaft mit einem Altenheim oder einer Anlage für betreutes Wohnen. Gisela suchte im Auftrag des Ehepaars Lindemann Senioren, die noch in der Lage waren, selbst für sich zu sorgen. Sicher würden die Lindemanns im Notfall Hilfe leisten, sollte jedoch ein Pflegefall eintreten und sich die Mitglieder der Wohngruppe nicht selbst helfen können, so sollte ein Pflegedienst beauftragt werden.

Nach den Plänen der Lindemanns sollte vor allem alleinstehenden Menschen das Leben durch gemeinsame Unternehmungen bunter gestaltet werden.

Das Schreiben von Werner Bauermann, einem ehemaligen Sportlehrer aus Wildeshausen, fand Giselas interessant. Sein Brief war humorvoll verfasst und das ließ auf eine intelligente Frohnatur schließen. Auch ihn wollte Gisela demnächst gern persönlich kennenlernen.
Gisela hatte nicht erwartet, dass sich doch einige Bewerber aus größerer Entfernung meldeten. Zu ihnen gehörte auch Waltraud Schmedes aus Bielefeld, welche die letzten Wochen ihres Arbeitslebens als Verwaltungsangestellte vor sich hatte. Ihr Schreiben schien ehrlich und seriös und Gisela gesellte es zu den anderen der potentiellen Mieter.
Die Drei: Gisela, Martin und Anton hatten sich auf einen gemütlichen Fernsehabend gefreut, denn es sollte einen neuen „Tatort" im Fernsehen geben. Genau das war nach Giselas Geschmack, denn sie meinte von

sich, dass sie immer noch im lernfähigen Alter sei. Vielleicht könnte sie, was die Recherchen im Verbrechensfall betraf, noch etwas dazu lernen. Der erste TV-Mord war gerade passiert, das erste Schlückchen Wein war genossen, als Giselas Smartphone die Ankunft einer Mail ankündigte. Um die beiden Männer nicht zu stören, verzog Gisela sich mit einem schnellen „Tschüßi" in ihr eigenes Reich, um sich dort am Schreibtisch der neuen Nachricht zu widmen. Ein Herr Weymann aus Syke hatte sein Interesse wortreich bekundet. Der sah freundlich aus, wie Gisela auf dem anhängenden Foto erkennen konnte. So hatte Gisela erfahren, dass er seit 8 Jahren verwitwet war und allein lebte. Mit seinen 82 Jahren gehöre er noch lange nicht zum alten Eisen und er teilte mit, dass er des Alleinseins müde sei. Eine Senioren-WG wäre genau das Richtige für ihn, denn da hätte man Zeit und Gelegenheit zum Diskutieren.
Hörte sich alles recht vernünftig an, doch dann las Gisela erschrocken weiter. Er schrieb von der Angst, auf die Straße zu gehen, auf der es nur noch vor Kanaken und

Flüchtlingen wimmelt. Dann schimpfte er über die Kanzlerin und lobte die in seinen Augen gute politische Zeit von vor gut 75 Jahren, in der es ausschließlich gute Deutsche gab.
Na, das hätte ja noch gefehlt – so ein rechtes Früchtchen in der neuen WG! Und weil Gisela hoffte, dass der liebe Gott auch mal eine Notlüge gestattet, schrieb sie zurück, dass man sich bereits für die passenden Mieter entschieden habe.
Das war ja alles gut und schön, aber doch etwas voreilig, denn die Anzeigen würden noch einmal in den Wochenendausgaben der hiesigen Zeitungen erscheinen.
Sollte sich dieser Mensch noch einmal melden, ließe sich dieses Problem sicherlich lösen.

Martin und Anton hatten sich abgesprochen: Beim Erscheinen von Gisela wollten sie sich über ihre geliebte und geschätzte Mitbewohnerin unterhalten und so tun, als hätten sie Giselas Rückkehr nicht gehört. Die blieb mucksmäuschenstill in der Tür stehen, als sie hörte:

„Du weißt ja, was sie macht, das macht sie gründlich."
„Auch wenn sie sich dabei überschätzt und sich vielleicht übernimmt, sie muss ihr Ding machen – aber perfekt, bitteschön!"
„Immerhin hat sie mit ihrer Hartnäckigkeit aber schon zwei Mörder zur Strecke gebracht. Woher hat sie bloß diesen Instinkt?"
„Und diese Zielstrebigkeit?"
„Man könnte richtig Angst vor ihr bekommen."
„Angst doch nicht! Aber Respekt!"
„Ach, wenn ich sie doch nur nicht so lieben würde. Mir bleibt immer die Sorge, es könne ihr etwas zustoßen! "
„Im Grunde ist es ja auch Lindemanns Sache, sich um die passenden Mieter zu kümmern. Aber sie hat sich nur zu gerne bereit erklärt, diese Aufgabe zu übernehmen."
„Vergiss nicht, dass sie dafür ein ganz glückliches Händchen hat, denn sonst wären wir Drei nicht zusammen gekommen."
Das war der Augenblick, in dem Gisela sich in das Gespräch einmischte:

„Ihr seid mir zwei Schmeichler. Ich habe euch schon eine ganze Weile zugehört."
„Das war uns klar, aber so weißt du doch, wie wir über dich denken."
Martins Augenzwinkern konnte Gisela sehen, Anton konnte es lediglich vermuten.

Erst nach Ende des Tatorts berichtete Gisela von der seltsamen Mail des Herrn Weymann aus Syke. Dadurch hatten sie noch ausreichend Gesprächsstoff für den Rest des Abends.

Gisela war der Meinung, dass es richtig sei, die bislang ausgewählten Bewerber erst einmal in Augenschein zu nehmen. Selbstverständlich lag die Entscheidung letztendlich in Händen des Ehepaars Lindemann. Morgen wollte sie den Lindemanns diesen Vorschlag unterbreiten und wenn die einverstanden waren, sollten die Interessenten nacheinander zum Gespräch und zur Besichtigung der fast fertigen Räume am übernächsten Wochenende eingeladen werden.

„Dann hätten wir doch zwischendurch ein paar Tage Zeit für einen Kurzurlaub. Was meint ihr?", schlug Martin vor.
Zunächst stutzte Gisela, denn der Vorschlag kam ziemlich überraschend. Immerhin – ein paar Tage Luftveränderung konnten sicher nicht schaden. Wohlwollend nahm Martin Giselas zustimmendes Kopfnicken wahr, die dann meinte: „Sei ehrlich, mit dem Gedanken befasst du dich doch schon länger, oder? Hast du dir auch schon ein Ziel ausgesucht?"
„Erst mal hören, was Anton dazu sagt", antwortete Martin.
Der war natürlich sofort Feuer und Flamme für die willkommene Abwechslung.
„Als ich jung verheiratet war, haben wir mal Urlaub im Weserbergland gemacht und der ist mir in sehr guter Erinnerung geblieben. Wir waren in Bückeburg und in Detmold. Blomberg fand ich reizvoll und auch Bad Meinberg. Das ist ja schon Ewigkeiten her und ich würde mir diese Ecke gern mal wieder ansehen. Ist ja auch gar nicht weit. Was meint ihr?"

Die Entscheidung wurde noch am selben Abend getroffen und im Grunde war Gisela froh, etwas Abstand zur Mietersuche zu bekommen.

Die Lindemanns waren mit Giselas Vorschlag einverstanden und die machte sich gleich an die Arbeit und verschickte die Einladungen zum gegenseitigen Beschnuppern mit den möglichen Mietern. Derweil packte Martin seinen Koffer und auch den von Anton. Gisela wollte er später gern dabei behilflich sein, allein traute er sich das nicht zu.

Nun ging es um die Frage, ob sie vorab ein Quartier buchen sollten oder ob sie sich spontan vor Ort entscheiden sollten.

Sie entschieden sich für das Letztere und fuhren schon am nächsten Tag los. Auf ihrem Programm standen allerlei Sehenswürdigkeiten, die sie sich in Erinnerung bringen oder die sie erstmalig besichtigen wollten.

Es war Ende April und die gelben Rapsblüten auf den riesigen Feldern in der sanfthügeligen Landschaft des Weserberglands bestimmten das Bild. Leider konnte Anton sie nicht sehen, doch der typische Geruch der rapsschwangeren Luft blieb ihm nicht verborgen.

Nachdem sie „Die Pforte nach Westfalen", Porta Westfalica, passiert hatten, verweilten die Drei ein paar Stündchen in Rinteln und fuhren nach Hameln, wo sie sich für ein schönes Hotel im Fachwerkstil entschieden. Das war ein strammes Programm für den Anreisetag und so waren sie froh über ihr gutes Quartier. Abends wurde das Gesehene und Erlebte erst einmal verdaut und Gisela und Martin erklärten Anton das, was er selbst nicht sehen konnte.

Sie sollten froh sein, dass sie sich am ersten Tag schon so viel vorgenommen hatten, denn am nächsten Tag machte der April seinem Namen alle Ehre: Immer wieder gab es kräftige Regenschauer, die ihnen die Lust an den geplanten Stadtbummeln nahm. So ließen sie es ruhig angehen und schmiedeten Pläne für die nächsten Tage.

Gisela wollte gern zum Hermannsdenkmal und Martin hatte Lust, die Externsteine zu besichtigen und zu besteigen. Diese markante Sandstein-Felsformation hatte er

noch aus seiner Schulzeit in Erinnerung. Sie zogen eine Dampferfahrt auf dem Schieder-See in Erwägung und überlegten, ob sie dem Safaripark in Stukenbrock einen Besuch abstatten sollten. Der Teutoburger Wald hatte so viel zu bieten und war doch nur gut 150 Kilometer von ihrem Wohnort entfernt. Trotz des Regens waren sie sich einig, dass es hier noch viel zu ergründen gab.
Die beiden Männer merkten aber, dass Gisela nicht ganz bei der Sache war. In Gedanken befasste sie sich zwischendurch immer wieder mit der Mietersuche. Martin und Anton gaben ihr Bestes, um Gisela davon abzulenken und ihr den Kurzurlaub schmackhaft zu machen. Nur zu gut kannten sie Giselas Art, sich in einer Sache zu verbeißen. So wie im letzten Jahr, als sie einen Mörder überführte und eine Autoschieberbande auffliegen ließ.
Gleich nach dem Mittagessen entschlossen sie sich, doch noch den Safaripark zu besuchen. Da könnten sie im Auto bleiben, um die wilden Tiere anzusehen. Sollte es doch regnen!

Giraffen, Löwen und Tiger waren anscheinend auch keine Regenfreunde und hatten sich meist in ihren Höhlen und Grotten verkrümelt. Verschiedene Affenarten konnten von den drei Freunden beobachtet werden und sie erschraken, als der Vogel Strauß mit seinem harten Schnabel gegen die Frontscheibe pochte. Martin beantwortete geduldig Antons Fragen, bis dessen Wissensdurst gestillt war. Bei besserem Wetter hätten sie diesen Trip richtig genießen können.

Gisela riss sich mächtig zusammen, um „ihren Jungs" nicht die Laune zu verderben. So sehr sie sich auch bemühte, ihre Gedanken schweiften immer wieder ab und sie war in Gedanken in Osterbinde auf Mietersuche.

Am nächsten Tag kam es noch dicker: Es war trübe und ein leichter Nieselregen reduzierte die Urlaubsstimmung der Drei. Dennoch machten sie sich nach dem Frühstück auf den Weg in Richtung Bad Pyrmont. Der historische Kurpark mit dem Palmengarten, der als einer der schönsten Parks in Europa gilt, fand als erstes das

Interesse der Urlauber. Sie bestaunten die große Fontäne und das Lortzing Denkmal. Wie sehr bedauerten sie, dass das Wetter gerade jetzt verrückt spielte und ihnen die Laune vermieste. Plötzlich fiel Giselas Blick auf ein Werbeschild für die Hufeland-Therme. Wie dumm, dass sie keine Badesachen dabei hatten. Sich in der Therme verwöhnen lassen, das könnte doch für das Schietwetter entschädigen. Als Gisela auch noch ein Geschäft entdeckte, in dem Bademoden angeboten wurden, gab es keinen Halt mehr. Doch das musste sie erst einmal ihren beiden Begleitern schmackhaft machen.

„Anton, wie ist das mit dir, kannst du schwimmen?", fragte Gisela interessiert.

„Na klar! Ich muss nur einen an meiner Seite haben, damit ich die Spur halten kann."

So leicht hatte sie es sich nicht vorgestellt, sie hatte mit einem größeren Aufwand an Überredungskunst gerechnet. Der Besitzer des kleinen Fachgeschäfts konnte sich freuen, denn in kurzer Zeit konnte er drei Duschtücher, zwei Badehosen, einen Badeanzug und drei Paar Badelatschen

verkaufen. Da sie ausreichend gefrühstückt hatten, versäumten sie keine Zeit und steuerten die Therme direkt an. Sogar Wasser-Shiatsu wurde angeboten.
Nachdem sie ausreichend geschwommen waren, entspannten sie nacheinander genüsslich beim Wasser-Shiatsu. Anton wandte sich in der Wartezeit an Gisela: „Ich bin so unsagbar froh, dass wir uns so gut verstehen und dass ich zu euch gehören darf. Ich fühlte mich so sicher , weil Martin neben mir schwamm. Wie einsam wäre mein Leben doch, hättest du dich nicht für mich als Mitbewohner entschieden. Ich danke Gott jeden Tag dafür." Gisela freute sich über Antons Worte und bestätigte ihm, dass sie ihre Entscheidung nie bereut hatte. Nachdem alle Drei das halbe Stündchen Anwendung hinter sich hatten, wurde es Zeit für einen kleinen Snack. Als Nachtisch gönnten sie sich nochmals Entspannung, dieses Mal in der Meersalzgrotte.
Die Drei waren die einzigen Gäste in der Grotte und ließen die Seeluft auf sich wirken. Bequem lagen sie auf ihren Liegen und dösten vor sich hin. Ein leises Schnarchen

war von Zeit zu Zeit aus Antons Richtung zu hören. Plötzlich schreckte Gisela, wie von der Tarantel gestochen hoch. Sie erschrak sich selbst, legte sich wieder hin und tat so, als sei nichts geschehen. Zu spät, denn den Männern war Giselas Reaktion nicht verborgen geblieben.

„Was ist mein Hummelchen? Wadenkrampf? Oder hast du schlecht geträumt?", wollte Martin wissen. Er zeigte sich damit wieder sehr besorgt um sein Hummelchen, wie er Gisela liebevoll nannte.

„Alles gut – wir haben noch 10 Minuten. Erzähle ich euch gleich, wenn wir wieder draußen sind. Psst jetzt!"

„Und? Was war denn?" Martin wollte es gleich erfahren.

So ein bisschen druckste Gisela herum, denn sie zweifelte inzwischen selbst an ihrer Spontan-Idee aus der Grotte.

„Mir ist klar geworden, dass sowohl Paderborn und Bielefeld hier gerade um die Ecke liegen. Da könnten wir doch mal die beiden Interessentinnen besuchen. Mal sehen, wie sie ticken und wie sie wohnen. Frau Lindemann gibt uns bestimmt die

Adressen der beide Damen durch, wenn wir sie anrufen."
Wie abgestimmt hörte sie Martin und Anton zugleich: „Gisela! Urlaub!"
Durch die Betonung der beiden Wörter hatte sie unschwer eine Abfuhr erkennen können.
Das Wetter schien am nächsten Tag etwas besser zu werden und deshalb entschlossen sie sich, Detmold zu erkunden. Gisela war entzückt von der Lippischen Rose, die fast jeden Fachwerk-Giebel zierte. Diese Rose mit fünf roten Blütenblättern, fünf gelben oder sogar goldenen Kelchblättern und in der Mitte dem gleichfarbigen Butzen, war früher das Wappenzeichen der Edelherren zur Lippe, wie Gisela im Internet erkundet hatte.
Martin schwärmte von den prächtigen Fachwerkhäusern und er beschrieb sie Anton in allen Einzelheiten.
Nachdem sie das Detmolder Schloss und den angrenzenden Schlosspark besichtigt hatten, meldete sich der Hunger.
„Was sind eigentlich Pickert? Kennst du die?", fragte Martin. Dank Smartphone und Internet konnte Gisela fast jede Frage spontan klären.

„Das ist eine Lippische Spezialität. Pickert, das sind Kartoffelreibekuchen, die mit Mehl zubereitet werden. In der Regel wird dazu Zuckerrübensirup oder Leberwurst gereicht."
Bei Leberwurst verzog Gisela gleich ihr Gesicht, denn diese Kombination konnte sie sich nicht vorstellen.
„Dann ist das wohl eine Mischung zwischen Pfannkuchen und Kartoffelpuffer. Ist bestimmt ziemlich fettig, oder?"
Sie fanden ein Restaurant, das diese Spezialität auf der Werbetafel anbot.
Als Anton bestellte: „ Ich nehm dann bitte drei Pickert", sah er nicht, wie die Kellnerin die Augen verdrehte. Sie klärte auf, indem sie die Größe eines Pickerts beschrieb. Einer, tellergroß, sollte demnach sicher ausreichend für eine Mahlzeit sein. Martin bestellte sich Sirup und auch Leberwurst dazu, denn er wollte feststellen, ob ihm die süße oder die herzhafte Variante besser schmeckt.
Die Drei fanden das Essen lecker und sie wussten nur zu gut, dass sie gerade eine Kalorienbombe verspeist hatten.

Frisch gestärkt steuerte Martin das Hermanns-Denkmal an.

Anton hörte Martin interessiert zu, der ihm das große Denkmal zu Ehren des Cheruskerfürsten Arminius beschrieb. Was er nicht sehen konnte und auch nicht wusste, las er von der Info-Tafel ab. So erfuhr auch Anton, dass diese Kolossalstatue im Jahr 1875 von dem Architekten Ernst von Bandel erbaut wurde. Anton staunte über die Gesamthöhe des Denkmals von 53 m, wobei die Figurhöhe 26 m beträgt. Die Kupferplatten, mit denen die Figur belegt ist, ließ die Figur grün erscheinen. Gisela war etwas unpässlich nach dem mächtigen Pickert, dass sie nur stumm zugehört hatte. Erst als Martin las, dass das nach oben gereckte Schwert eine Höhe von sieben Metern hatte, gab sie wieder ein Lebenszeichen von sich. Gisela und Martin genossen aus der Höhe die Aussicht auf die vor ihnen liegende Landschaft, in der das Gelb der Rapsfelder die Farbe bestimmte.
Bald danach brachen sie auf, denn sie hatten noch die Besichtigung der Externsteine

geplant, die sich nicht weit entfernt in die Höhe streckten.

Unterwegs fuhr Martin eine Tankstelle an, denn es wurde Zeit, den Tank zu füllen. Auf dem Tankstellengelände kam ihnen ein roter Skoda entgegen, der an der vordersten Zapfsäule hielt. Als Martin aussteigen wollte, hielt Gisela ihn mit einem energischen „Halt! Stopp!" zurück. Verwundert schaute Martin Gisela an, die aufgeregt auf den Wagen zeigte.

„Da ist was nicht in Ordnung!", schrie sie. Und dann: „Wo ist der Knopf für die Innenverriegelung?" Martin sah jetzt auch, dass die zwei Männer, die aus dem Wagen gestiegen waren, beide Türen weit geöffnet ließen. Sie hasteten auf den Eingang zu. Einer der beiden rief und es klang irgendwie zynisch: „Halt, erst mal volltanken."

Auch während des Tankvorgangs blieben die beiden vorderen Türen geöffnet.

Anton fühlte die Aufregung, wagte in diesem Moment aber nicht, nach der Ursache zu fragen. Es war wohl wieder mal Giselas Bauchgefühl, dass sie zum Smartphone greifen ließ.

Für alle Fälle machte sie Fotos von den Männern, vom Auto und natürlich auch vom Kennzeichen. Die beiden verschwanden hastig im Verkaufsraum.
„Ach komm, was du wieder hast. Du siehst doch, sie bezahlen jetzt. Ich tanke jetzt."
Wieder hielt Gisela ihren Martin am Ärmel fest.
Weil sich das Licht teilweise in den Schaufensterscheiben spiegelte, war die Sicht in das Innere des Verkaufsraums kaum möglich.
„Da, hast du gesehen? Der Größere hat sich gerade eine Maske übers Gesicht gezogen!"
Jetzt gab es keinen Halt mehr für Gisela und sie wählte die 110.
„Weg hier! Bloß weg hier!", schrie jetzt auch Martin.
„Fahr aber nur, bis wir außer Sichtweite sind. Wenn sie weg sind müssen wir nachsehen, was da drinnen passiert ist. Und wir müssen der Polizei die Fotos aushändigen."
Dann fiel ein Schuss.
Martin war plötzlich wie gelähmt, denn jetzt war es Gisela, die ihn aufgeregt zum Wegfahren aufforderte.

„Los, fahr endlich los! Sonst knallen die uns auch noch ab.
Los, mach hin!"
Nach etwa 100 m hielt Martin auf einem Parkstreifen an. Von hier aus konnten sie sehen und hören, wie der rote Skoda die Tankstelle mit aufheulendem Motor verließ. Martin wendete, um in der Tankstelle nach dem Rechten zu sehen. Die beiden Sehenden konnten erkennen, wie eine junge Frau gerade die Tür von innen verschloss. Sie hatte ein schmerzverzerrtes Gesicht und hielt sich den rechten Arm. Der Ärmel war blutdurchtränkt und das sah sie sich erschrocken an, verlor den Halt und kippte um. Jetzt war es Martin, der nun noch die 112 wählte, denn die Frau brauchte dringend medizinische Versorgung.
Was sollten sie tun? Eine Scheibe einschlagen? Sie konnten die Geschädigte doch nicht einfach so liegen lassen. Als sie das Martinshorn hörte, waren sie alle sehr erleichtert, denn so brauchten sie keine Verantwortung zu übernehmen. Einer der Polizisten schlug eine Fensterscheibe der rückwärtigen Räume ein, um zu der

Verletzten zu gelangen. Von innen öffnete er die Tür, um seinen Kollegen herein zu lassen. Im Schlepptau hatte er die drei Zeugen, die eher zögerlich den Verkaufsraum betraten.

Als der Krankenwagen kam, war die Frau schon wieder zu sich gekommen. Zum Glück war es anscheinend nur ein Streifschuss an ihrem Arm, doch stand sie sicherlich unter Schock. Wohl deshalb wurde sie mit dem Krankenwagen abtransportiert und sollte später von der Polizei vernommen werden. Anton hörte sie immer wieder sagen: „Und alles wegen 300 €. Das Geld wurde doch vorher gerade abgeholt!"

Die Polizisten vernahmen umgehend die drei Zeugen. So ruhig es Gisela nach der Aufregung möglich war, schilderte sie sachlich und präzise ihre Beobachtungen und lieferte auch gleichzeitig die Fotos. Den Polizisten waren die beiden Männer auf dem Foto kein unbeschriebenes Blatt und sie erkannten auch den Skoda an irgendwelchen Merkmalen. Sie wussten sofort, dass es sich um gefälschte oder gestohlene Kennzeichen handelte.

Nachdem die Befragung zunächst beendet war, zogen sich die Drei zurück. Gisela hinterließ ihre Telefonnummer, denn ihre Aussagen sollten am nächsten Tag protokolliert werden.

Tanken ohne Kassiererin konnten sie streichen, das musste bis zur nächsten Tankstelle warten.

Wieder im Wagen wurde allen erst richtig klar, in welcher Gefahr sie sich befunden hatten. Was wäre passiert, wenn Martin arglos getankt hätte? Sie fragten sich, ob die Ganoven auch auf ihn gezielt hätten. So ganz helle waren die Gangster offensichtlich nicht, denn sie hatten die drei Zeugen einfach ignoriert. Wer wusste schon, ob da Drogen oder Alkohol mit im Spiel gewesen waren?

Das Trio musste gestehen, dass der Kurzurlaub bis jetzt keineswegs langweilig gewesen war. Den Abend beendeten sie nach dieser Aufregung mit einem guten Rotwein.

Da ihnen am Vortag die Externsteine entgangen waren, starteten sie am nächsten

Tag wieder in Richtung Detmold. Zuerst erledigten sie die Pflicht und widmeten sich dann der Kür. Auf der Polizeiwache wurde das Protokoll aufgenommen und die Beamten bedankten sich bei Gisela für ihre Mithilfe, ihre Aufmerksamkeit, die Fotos und für die präzisen Angaben zum Tathergang. Sie erfuhren, dass es der Kassiererin körperlich wieder besser ging. Sicher würde auch in Zukunft die Angst vor einem erneuten Überfall ihr Begleiter sein. Das Beste war jedoch, dass die Täter bereits geschnappt werden konnten. Es schien ein guter Fang für die Polizei gewesen zu sein.

Dann starteten sie zu den Externsteinen, von denen Anton überhaupt keine Vorstellung hatte. Gisela und Martin kannten die riesigen Felsbrocken noch aus ihrer Schulzeit und deshalb warteten sie mit den Beschreibungen, bis sie vor Ort waren, denn sie wussten nicht, wie weit Erinnerung und Realität auseinander lagen. Im Internet hatte Gisela bereits gelesen, dass es sich bei den Externsteinen um einen Teil der mittleren Bergkette des Teutoburger Waldes handelt.

Sie galten als altgermanische Kultstätte und sind bis heute Anziehungspunkt vieler Touristen, wie es sich gerade wieder bewahrheitete. Vor sich sahen die drei Ausflügler 13 relativ freistehende Einzelfelsen, von denen der höchste über 47 m hoch sein sollte. Ein paar Sandsteinfelsen wurden mit Treppen erschlossen und da sie zum Besteigen einluden, gab es bald keinen Halt mehr für die Männer. Höhenangst kannte der frühere Schornsteinfegermeister natürlich nicht, aber wie sah das mit Anton aus. Die eingemeißelten Steinstufen sahen eher uneben aus und oben sollte es mit einer Holztreppe weiter gehen. Doch Anton war wild entschlossen, mit nach oben zu klettern, schon wegen der schönen Aussicht, wie er augenzwinkernd erklärte. Viel lieber hätte Gisela sich verdrückt, doch jetzt fühlte sie sich fast verpflichtet, die Beiden zu begleiten. Unterwegs blieb sie häufiger stehen und konzentrierte sich auf die wunderschöne Landschaft. Martin und Anton brauchten nicht zu wissen, dass ihr die Puste ausging und Gisela beschloss, in

Zukunft etwas mehr für ihre Kondition zu tun.

Besorgt sah sich Martin nach seinem Hummelchen um, die ihm zurief: „Geht mal alleine weiter, ich steig schon mal wieder runter."

Die Wartezeit verbrachte Gisela an den Infotafeln und kam mit anderen Touristen ins Gespräch. Durch sie erfuhr Gisela, dass sich traditionsgemäß zahlreiche esoterische Gruppen zur Walpurgisnacht und zur Mittsommernacht zu Feierlichkeiten verabreden. Erstaunt zeigte sich Gisela, weil die Externsteine schon häufig Treffpunkt rechtsradikaler Gruppierungen gewesen waren.

Als Martin und Anton wieder wohlbehalten unten angekommen waren, beschlossen die Drei, ihre Tour fortzusetzen. Noch zeigte sich die Sonne, vielleicht sollten sie die Zeit bis zum nächsten Aprilschauer für eine Schifffahrt auf dem Schiedersee nutzen. Auf der Infotafel erfuhren sie, dass es sich bei dem Schieder- oder auch Emmersee um einen Stausee des Flüsschens Emmer handelt, der in den 70-er Jahren als

Hochwasserschutz angelegt wurde. Damals wurde auch ein Wasserkraftwerk errichtet, das aber schon längst außer Betrieb genommen wurde.

Obwohl die Hauptsaison erst in ein paar Wochen begann, sahen sie schon buntes und reges Leben und Treiben am Seeufer. Das Motorschiff legte gerade an und die Drei entschieden sich spontan zu einer Rundfahrt. Das Schiff hielt an verschiedenen touristischen Zielen an, um Fahrgäste ein- und aussteigen zu lassen. Martin hatte etwas von einem Ponyhof gelesen, die dazugehörigen Weiden konnten sie vom Schiff aus beobachten. Gisela war entzückt von drei winzigen Mini-Pferdchen, die es sich auf der Weide gut gehen ließen. Anton war wieder einmal ganz gerührt, weil es ihm durch seine Freunde ermöglicht wurde, besser am Leben teilzunehmen. Während ihnen der Wind um die Nase blies, überlegten sie, welches Ziel sie als nächstes ansteuern sollten.

„Bad Meinberg", schlug Gisela vor. Den Ort hatte sie vor Jahren kennengelernt, als sie an einem Seminar in diesem schönen Kurort

teilgenommen hatte. Ob es das Hotel „Zum Stern" noch gab? Damals hatte sie dort gewohnt. Giselas Vorschlag wurde gern angenommen.
Also starteten sie in Richtung Bad Meinberg, nachdem das Schiff angelegt hatte. Unterwegs hielt Martin an einer Tankstelle, dieses Mal mit einem Grummeln in der Magengrube. Wie zu erwarten verlief alles unproblematisch, doch sie merkten, dass ihnen die Ereignisse vom Vortag noch in den Gliedern steckten.

Zu Dritt erkundeten sie den wunderschön angelegten Bad Meinberger Kurpark und wanderten um den kleinen See. Wenn es etwas Sehenswertes zu bestaunen gab, hielten sie an und ließen auch Anton durch ihre Erklärungen und Erläuterungen daran teilhaben. Ein paar Kinder standen an der Staumauer und fütterten die hungrigen Karpfen, obwohl das nicht gern gesehen war. Immer wieder tauchten die großen Fische auf und ihre gelbumrandeten Mäuler versuchten, ein Brothäppchen zu ergattern. Das

Kurorchester spielte im Freien vor einem kleinen Publikum.

Die Drei bummelten durch die Allee, die früher einmal Hauptgeschäftsstraße war. Hier hatte sich nach Schließung verschiedener Kurkliniken sehr viel verändert. Alles war hier ruhiger und besinnlicher geworden, aber an Reiz hatte der Kurort keineswegs verloren.

Sie hatten sich geeinigt, am nächsten Tag wieder nach Hause zu fahren. Zeit genug hatten sie ja, um vielleicht auf dem Rückweg noch den einen oder anderen Abstecher zu machen. Schon jetzt waren sie der gleichen Meinung, dass sich diese paar Tage gelohnt hatten. Information, Entspannung und nicht zu vergessen Angst und Schrecken durch den Tankstellenüberfall – von allem hatten sie etwas gehabt.

Auf dem Rückweg nach Osterbinde besichtigten sie noch die Schachtschleuse in Minden. Unterwegs rätselten sie: Was ist höher, der Mittellandkanal oder die Weser? Da sie es nicht wussten, informierte sich Gisela schon mal vorab im Internet,

während Anton die Ohren offen hielt und Martin sich auf den Verkehr konzentrierte. Gisela las vor:
„Bei dem Wasserstraßenkreuz wird der Mittellandkanal über die Weser geführt. Die Höhendifferenz zwischen den beiden Wasserstraßen beträgt 13,3 m."
Allzu viel Wissen über die Schleuse war aus der Schulzeit nicht übrig geblieben. Das Schauspiel einer Schiffshebung wollten sie noch einmal aus der Nähe anschauen. Anton staunte über die Einzelheiten, die Martin ihm genau über den Hebevorgang von drei Schiffen gleichzeitig vermittelte. Noch beeindruckt von den technischen Daten, die sie auf der Info-Tafel gelesen hatten, starteten sie in Richtung Kaiser-Wilhelm-Denkmal an der Porta Westfalica. Wieder frischte Gisela ihr Wissen über dieses Denkmal im Internet auf und gab dieses an ihre beiden Begleiter weiter.
„Das Kaiser-Wilhelm-Denkmal wurde Ende des 19. Jahrhunderts auf dem Jakobsberg gebaut und hat eine Gesamthöhe von 88 m. Aus Sandstein wurde der 12 m hohe Unterbau hergestellt, darüber der Kuppelbau.

Unter dem Baldachin befindet das aus Bronze gegossene Standbild von Kaiser Wilhelm".

Wie ein Sehender lehnte sich auch Anton über die Begrenzungsmauer, während Gisela und Martin von der schönen Aussicht schwärmten. Sie hatten Glück, dass sie die zwischen zwei Schauern genießen konnten. Auf der Weiterfahrt beschlossen sie, demnächst einen ähnlichen Kurzurlaub zu wiederholen, um die vielen Sehenswürdigkeiten, die das Weserbergland und der Teutoburger Wald zu bieten haben, zu erkunden.

Die Ruhe vor dem Sturm war beendet, noch ein Tag Zeit und dann sollten sich die Bewerber in stündlichem Abstand melden. An diesem Freitag konnte sich Gisela noch sammeln und sich gedanklich auf die Bewerber vorbereiten.

Martin schlug deshalb eine Fahrradtour vor. Aktivitäten dieser Art hatten sie in den Wintermonaten ziemlich vernachlässigt und es wurde höchste Zeit, sich mehr an der frischen Luft körperlich zu betätigen.

Obwohl sich Gisela noch ziemlich cool gab, wusste Martin, dass sie innerlich schon etwas aufgewühlt war.

„Lass uns nach Syke fahren und sehen, ob Mateo schon gewachsen ist." Diesen Vorschlag nahm Gisela gerne an und fragte erst einmal telefonisch nach, ob der Besuch bei Gaby und Familie willkommen war.

War er! So strampelten sie gleich nach dem obligatorischen Mittagsschlaf los: Martin und Anton auf dem Tandem und Gisela mit ihrem Fahrrad. Sie hatten sich für einen Weg über Röllinghausen und Bramstedt entschieden, der sie zum Teil durch Wiesen, Felder und Wälder führte. Es gab ein großes Hallo beim Eintreffen der Besucher und man hätte meinen können, sie hätten sich monatelang nicht gesehen. Dabei waren es nur knapp zwei Wochen gewesen. Kalle und Michael hatten einen Auftrag zu erfüllen und wurden erst am späten Abend zurück erwartet.

Ein Kaffeeklatsch mit Gaby und Nadine war immer ein Erlebnis. Derweil brabbelte der kleine Mateo zufrieden in seiner Wippe oder er zog es vor, eine Runde zu schlafen. Gisela war ganz entzückt beim Anblick des Kleinen und steckte Martin damit an.

„Wenn er wieder wach ist, darf ich ihm dann mal übers Köpfchen streichen? Dann weiß ich ob seine Haare schon gewachsen sind."
Auch Anton zeigte Interesse und beteiligte sich so auf seine Art.

Wieder zu Hause waren die Drei sich einig und fanden, dass sich wieder ein schöner Tag dem Ende näherte.

Am nächsten Morgen um zehn war es dann soweit, der erste Bewerber klingelte bei Familie Lindemann an der Haustür: Herr Meyerholz aus Bruchhausen-Vilsen. Als Empfangskomitee wirkten Herr und Frau Lindemann und Gisela, die auf Wunsch der Vermieter die Gespräche leitete.

Herr Meyerholz war nett und freundlich, wirkte sauber, zeigte sich redegewandt und verfügte über handwerkliche Fähigkeiten. Nachdem sie sich ein Bild von ihm gemacht hatte, bekam er jetzt die Möglichkeit, einen Blick auf die Räumlichkeiten im Neubau zu werfen. Lediglich auf die Malerarbeiten hätte er noch Einfluss haben können, alles andere, was die Badausstattung oder die Fußböden betraf, war bereits fertig gestellt.

Herr Meyerholz war sichtlich beeindruckt von dem geschmackvollen Haus, der wundervollen Umgebung und auch von den netten Menschen, denen er hier begegnete.

„Warten sie nur ab, wenn erst die Obstbäume in voller Blüte stehen, dann ist es hier noch schöner", machte Frau Lindemann ihm den Mund wässrig.

Am liebsten hätte er sich spontan festgelegt, denn er akzeptierte auch den Mietpreis. Dennoch wurde er verabschiedet, sich mit der Entscheidung bis zum kommenden Dienstag zu gedulden. Sowohl die Lindemanns als auch Gisela hatten ihm zu verstehen gegeben, dass er sich Hoffnung machen könne.

Der nächste Besuch einer Dame erwies sich schnell als Flop, denn sie gestand spontan, dass sie nur über eine kleine Rente verfüge und sich eine so schöne große Wohnung gar nicht leisten könne. Sie wollte aber wenigstens einmal sehen, wie es hätte sein können. Da sie einen recht netten Eindruck machte, nahm Herr Lindemann sich die Zeit, ihr die Räumlichkeiten zu zeigen. Etwas peinlich war es ihr doch wohl, weil sie über die Zeit anderer verfügt hatte und dabei kein wirkliches Interesse hatte.

Der Mann mit dem 12-Uhr Termin erschien nicht mal. Abgemeldet hatte er sich auch nicht. Das, so fanden die Zuständigen, war ganz schön dreist.

Aber dann wurde es bunt, wie es bunter nicht sein konnte, denn es erschien Frau Annegret Schiffer, 78 Jahre alt. Unter einem hellblauen Blazer mit pinkfarbenen Rosen trug sie ein viel zu enges rosa T-Shirt. Der gleich gemusterte Rock hätte besser einige Zentimeter länger sein sollen. Ein langer Chiffonschal, den sie immer wieder richtete, flatterte um den welken Hals. Dabei zeigte sie zu gern ihre beringten Finger, fast jeder hatte einen abbekommen. Die Dame hatte sich grell geschminkt und Gisela hätte ihr gerne den Rat gegeben, dass weniger manchmal mehr ist.

Vor einigen Monaten war ihr Mann verstorben und sie hatte Angst, allein auf dem großen Anwesen zu wohnen. Jetzt wollte sie wieder leben und etwas erleben,

wie sie sich ausdrückte. Sie war der Meinung, dass die Lindemanns wohl eigens für sie gebaut hatten, denn sie war begeistert von den Räumlichkeiten.
Auch Frau Schiffer wurde zunächst vertröstet. Als sie das Haus verließ, gab es bei den drei Verantwortlichen nur ein horizontales Kopfschütteln.
Gisela machte einen kleinen Vermerk hinter Frau Schiffers Namen: „Überkandidelt".
Jetzt kam es aber besser, als Renate Hartmann aus Paderborn eintraf. Sie war schon seit einem halben Jahr im Ruhestand. Zuvor war sie jahrzehntelang als Laborantin in einer Klinik tätig gewesen. Aus welchen Gründen auch immer stand ihr der Sinn nach Veränderung. Gisela war beeindruckt von deren Art: ihrer Erscheinung, ihrer Vorstellung vom Zusammenleben in einer WG und ihrem Allgemeinwissen. Die Dame könnte sich als Glücksfall erweisen, so war auch die Meinung der Lindemanns und Frau Hartmann landete direkt auf der Liste der auserwählten Mieter. Auch ihr schien die Gegend zu gefallen und natürlich auch der angebotene Wohnraum.

Der nächste Bewerber sollte keine Chance bekommen, denn er war zu riechen, noch bevor er in Augenschein genommen werden konnte. Die Fahne flatterte eben schon voran. Eine gründliche Dusche würde diesen Mann sicher besser duften lassen, doch die alte Alkoholfahne ließ sich nicht mal eben wegwaschen. Also hieß es, keine Zeit vertrödeln und diesem Herrn direkt eine Absage zu erteilen.

Er war der letzte auf der „Samstagsliste", die nächsten Interessenten wurden erst am nächsten Vormittag erwartet.

Es war nicht allzu schwer gefallen, die Spreu vom Weizen zu trennen. Herr und Frau Lindemann ließen zusammen mit Gisela den Tag noch einmal Revue passieren und sie waren wenigstens froh, dass sie vermutlich schon einmal zwei Wohnungen unterbringen konnten.

Martin und Anton hatten ihre Mitbewohnerin schon sehnsüchtig erwartet und erfuhren nun von Gisela alle Einzelheiten. Jetzt stand Gisela der Sinn nach Ablenkung und während sie noch überlegte, ob sie mit ihren Jungs, wie sie manchmal scherzhaft sagte, zum Essen fahren sollte, klingelten die Lindemanns, die die gleiche Idee hatten und die Gisela, Martin und Anton ins Griechische Restaurant einluden. Hier gab es nach einem leckeren Essen nochmals als Dessert Gespräche, die sich um die Mietersuche drehten.

Pünktlich um zehn stand am nächsten Morgen das Ehepaar Bartels aus der Hoyaer Gegend vor der Tür. Beide machten einen sehr guten Eindruck. Obwohl er fast die 80 erreicht hatte, konnte man ihn leicht zehn Jahre jünger schätzen. Frau Bartels war modisch gekleidet und sah viel jünger aus, als sie war. Mit ihnen führte Gisela zusammen mit Herrn und Frau Lindemann gute Gespräche. Die Besichtigung der Wohnungen verhieß Zufriedenheit der beiden Interessenten, die es vor allem auf eine der unteren Wohnungen abgesehen hatten. Sie wollten eine Nacht darüber vergehen lassen, machten aber durchaus den Eindruck, dass sie den Umzug nach Bassum wagen wollten. Der Tag fing gut an, so konnte es weitergehen.

Das klappte leider nicht: Vor der Tür stand ein Herr Peters, der die Drei mit laschem Händedruck begrüßte. So wie er sich gab, steckte Gisela ihn gleich in die Kategorie Leisetreter oder Warmduscher. Gisela nahm an, dass er noch nie über mehr Mumm verfügt hatte. Herr Peters war ein Mann, der scheinbar keine Meinung hatte, dem alles egal war. Och nöö, so einer passte nicht in eine WG für Senioren, die noch körperlich oder geistig fit waren. Beide Attribute zusammen wären natürlich perfekt. Freundlicherweise zeigte sie auch ihm die Räumlichkeiten und vertrösteten ihn ein paar Tage, bis die Entscheidung gefallen war.

Kurz vor zwölf klingelte Waltraud Schmedes aus Bielefeld, eine frühere Verwaltungsangestellte. Vor vielen Jahren hatte sie der Liebe wegen ihre Syker Heimat verlassen und lange in Bielefeld gewohnt. Vor Jahren war ihr Mann verstorben und es zog sie ins Bremer Umland zurück. In zwei Wochen fing ihr Ruhestand an und sie fand es richtig, die Veränderungen - Umzug und Rentnerdasein - gleichzeitig vorzunehmen. Frau Schmedes war redegewandt und stand noch mitten im Leben. Seit einigen Jahren widmete sie sich ihrem Hobby, der Schriftstellerei. Wie sie erzählte, hatte sie bereits 12 Bücher über eine Self-Publishing-Plattform veröffentlicht. Und dabei sollte es nicht bleiben, wie sie prophezeite.

Die Lindemanns und auch Gisela hofften auf eine Zusage, denn sie sahen in Frau Schmedes eine ideale Mitbewohnerin. Am nächsten Tag wollte sie ihre Entscheidung telefonisch mitteilen.

Bernhard Kampmeyer aus Nienburg stand als nächster Bewerber auf der Matte. Nach kurzer Zeit hätte Gisela am liebsten seinen Knopf gesucht, um das viel zu laute Mundwerk einfach abzustellen. Oder wenigstens den Lautstärkenregler! Was hatte dieser Mensch schon alles erlebt und geleistet – das hätte im Grunde für zwei Menschen gereicht. Sein halbes Leben hatte er in einer halben Stunde vor Unbekannten ausgebreitet. Dabei umgab er sich ständig mit eigener Lobhudelei. Als Herr Lindemann eines seiner Atempäuschen erwischte, mischte er sich dazwischen und flunkerte,

noch bevor Herr Kampmeyer die Wohnungen gesehen hatte:
„Tut mir leid. Ihre Vorgängerin hat sich gerade für die letzte Wohnung entschieden. Wir konnten Sie nicht mehr erreichen, um Ihnen abzusagen".
Erleichtert atmete Gisela nach diesen Worten auf.
Jetzt warteten die Drei gespannt auf den nächsten Kandidaten, Herrn Bauermann aus Wildeshausen, dem ehemaligen Sportlehrer. Schon sein Bewerbungsschreiben war vielversprechend gewesen, jetzt konnten sie sich davon überzeugen, dass das ein wirklich netter Kerl war - irgendwie ein Kumpeltyp. Er war inzwischen fast 70, machte aber einen jüngeren Eindruck. Schmunzelnd strich er über seinen kleinen Bauchansatz und meinte: „Meinen Sportlehrer sieht man mir kaum noch an. Aber allein kann ich mich nur selten zu irgendwelchen Aktivitäten aufraffen. Der innere Schweinehund ist stärker. Ich brauche nette Menschen in meiner Umgebung, die mich anspornen und mitreißen können."
Keine Sorge, wenn das den Mitmietern aus der neuen WG nicht gelingen sollte, Martin,

Anton und sie würden sich seiner schon annehmen. Auch Herr Bauermann war begeistert von den Räumlichkeiten und akzeptierte auch den Mietpreis in der exklusiven Anlage. Am liebsten hätte Gisela die Sache schon jetzt per Handschlag klargemacht. Doch besser war es, auch ihn eine Nacht darüber schlafen zu lassen.

Nachdem er sich als letzter Interessent verabschiedet hatte, diskutierten die Drei noch ein Weilchen.

Die guten ins Töpfchen – und das war voll, wenn die potentiellen Mieter zustimmen sollten. Renate Hartmann aus Paderborn, Waltraud Schmedes aus Bielefeld, das Ehepaar Bartels aus Hoya, Werner Bauermann aus Wildeshausen und Hans Meyerholz aus Bruchhausen-Vilsen, so könnte sich die Wohngemeinschaft zusammensetzen. Falls die sich tatsächlich entscheiden sollten, plante Herr Lindemann ein gemeinsames Essen im Gasthaus Freye, damit diese Menschen sich beschnuppern konnten, denn er hielt ein gegenseitiges Kennenlernen vorab für wichtig. Außerdem könnten dann auch die Verträge unterzeichnet werden.

Nicht nur Herr und Frau Lindemann, sondern auch Gisela waren erleichtert als die fünf Zusagen am nächsten Tag eintrudelten.

Jetzt konnten die Maler die restlichen Arbeiten erledigen und einem baldigen Einzug stand nichts mehr im Wege, auch wenn die Pflasterarbeiten rundherum noch nicht fertig waren.

Der Rotdorn an der Osterbinder Straße stand in voller Blüte und tauchte die Straßenränder in tiefes Rosa, als die neuen Mieter sich zunächst zu einem leckeren Spargelessen bei Freye trafen. Diese Rotdornpracht war dem Ehepaar Bartels und Herrn Meyerholz entgangen, weil sie ihr Ziel von der anderen Seite her erreicht hatten.

Am Tisch herrschte sehr gute Stimmung. Erstaunlich, dass Menschen, die sich zuvor nicht kannten, soviel Gesprächsstoff hatten. Andererseits hatten sie ein gemeinsames Ziel vor Augen. Gisela freute sich riesig, denn offensichtlich hatte sie eine gute Wahl getroffen. Sie verfolgte interessiert die Gespräche und es fiel ihr auf, dass Frau

Hartmann und Frau Schmedes häufig die Köpfe zusammensteckten und sich offensichtlich sympathisch waren.

Es gab kein Gezänke bei der Verteilung der Wohnungen. Dem Ehepaar Bartels gewährte die Gemeinschaft, wie von ihnen gewünscht, eine der Wohnungen im Erdgeschoss. Herr Bauermann wollte lieber Treppen steigen und wählte die obere Wohnung, ebenso Herr Meyerholz, der sich auf den Ausblick nicht nur auf die Obstplantagen freute. Frau Schmedes bevorzugte die Wohnung im Erdgeschoss, denn sie spürte häufig die Arthrose in den Knien. Für Frau Hartmann blieb die letzte Oberwohnung und damit war sie einverstanden. Durch die Unterschriften wurden die Mietverträge rechtsgültig und alle Beteiligten waren nach diesem harmonischen Zusammentreffen recht zufrieden. Martin und Anton waren eher stumme Zuhörer, denn sie hatten am wenigsten zur Mietersuche beigetragen.

Die nächsten Wochen vergingen wie im Flug. Die Maler hatten inzwischen alle Arbeiten beendet. Jetzt wurden die Carports errichtet und die Pflasterarbeiten erledigt. Herrn und Frau Lindemann war anzumerken, wie stolz und glücklich sie das neu errichtete Haus machte. Das ererbte Geld von ihrem verstorbenen Chef hatten sie bestens angelegt. Sie waren froh, dass sie die Mietersuche vorwiegend in Giselas Hände gelegt hatten, die tatsächlich schon vorab etliche Interessenten aussortiert hatte.

Der erste Möbelwagen stand bereits Mitte Juni vor der Tür, als Herr und Frau Bartels einzogen. Im alten Haus hatten sie „Ballast abgeworfen", wie sie sagten und nur alles, was ihnen lieb und teuer war, mit in die neue Wohnung genommen.

Nach und nach zogen auch die anderen Mieter ein. Es war durchaus von Vorteil, dass es in jeder der Wohnungen bereits eine Einbauküche gab, denn sonst hätte sich der Einzug erheblich verzögert. So hatten alle Mieter ihre Möbel mitbringen können. Kleine Veränderungen der Einrichtung konnten ja auch später noch vorgenommen werden.

„Ich habe nicht gewusst, dass es soviel Idylle überhaupt geben kann" staunte Anton einmal, der froh war, dass für ihn die kleine Dreiergemeinschaft mit Gisela und Martin im Vordergrund stand.

Nachdem nun auch die Steinsetzer ihre Arbeit beendet hatten, luden die Mieter das Ehepaar Lindemann und auch Gisela, Martin und Anton zu einem Grillfest ein. Der Wettergott hatte es gut gemeint, denn es war eine laue Sommernacht, als sie zur Einweihung der Außenanlagen eingeladen hatten.

Die Mieter plauderten um die Wette und jeder erzählte etwas aus „dem Leben vor Osterbinde". Renate Hartmann und Waltraud Schmedes gestatteten sich die meisten Gesprächsanteile, so dass die anderen kaum zu Wort kamen. Diese beiden Frauen hatten sich offensichtlich gesucht und gefunden, obwohl das so nicht richtig war: Gisela hatte sie gefunden. Gisela und die Lindemanns!

Vielleicht erfuhren die anderen Bewohner bei einem nächsten Treffen etwas über das Ehepaar Bartels, Werner Bauermann und Hans Meyerholz.

Schließlich war es Herr Lindemann, der den Redefluss der beiden Damen für ein

Weilchen stoppte, als er berichtete, dass Gisela, seit sie in Bassum wohnte, schon zwei Mordfälle aufgeklärt hatte, die sonst vermutlich nie entdeckt worden wären. Besonders Waltraud Schmedes fand Interesse an diesen Schilderungen und sie versuchte, jede Einzelheit darüber von Gisela zu erfahren. In ihrer Funktion als Hobbyschriftstellerin zeigte sich Frau Schmedes tief beeindruckt. Vielleicht war sie gerade auf eine Fundgrube mit neuen Ideen gestoßen. Gisela dagegen bauschte die Vorfälle keineswegs auf und gab sich eher bescheiden. Im Gegenteil - sie tat, als hätte sie nur ihre Bürgerpflicht erfüllt. Herr und Frau Lindemann wurden durch Martin und Anton in ihrer Meinung unterstützt, in beiden Fällen hatte Gisela mutig und überlegt gehandelt. Für sie war und blieb Gisela eine Heldin.

Gerade noch wollte Renate Hartmann mit einem neuen Thema beginnen, als sie von den anderen Mitbewohnern gestoppt wurde, denn es war sehr spät geworden. Sie alle waren sich einig, den Bericht bis zur nächsten Zusammenkunft auf Eis zu legen.

Am nächsten Tag klingelte Frau Schmedes bei Gisela und bat sie um ein Gespräch. Es sah aus, als sollte die geplante Radtour mit Martin und Anton ins Wasser fallen, denn die Besucherin machte es sich gleich gemütlich. Sie erzählte von ihrer Schriftstellerei und davon, dass sie bereits neun Bücher veröffentlicht habe. Je ein Exemplar ihrer letzten beiden Kriminalromane hatte sie als Geschenk mitgebracht. Sicher war ihr Giselas Kritik sehr wichtig, denn sie bat um deren Beurteilung. Weiter erfuhr Gisela, dass Frau Schmedes ihre Bücher im Eigenverlag veröffentlicht hatte, nachdem sie feststellen musste, wie schwierig es ist, einen Verlag zu finden.

„Man schickt das Manuskript an einen Verlag und erhält eine Bestätigung über den Empfang. Dann heißt es so schön -Wenn sie innerhalb von 6 Monaten nichts von uns gehört haben, hat ihr Manuskript kein Interesse bei unserem Verlag gefunden. Eine Rücksendung erfolgt nur gegen Portoerstattung. Jeden Tag hoffte ich auf einen positiven Bescheid, aber da kam nichts. Nein, ich war viel zu ungeduldig und meinte dann, einen Geistesblitz zu haben, denn ich wandte mich an eine Berliner Literatur-Agentur, die es bereits seit 1970 gab. Im Internet war ich auf diese Adresse gestoßen und war beeindruckt, mit welchen Prominenten der Agent schon zusammengearbeitet hatte. Der Chef dieser Literatur-Agentur wollte mit mir zusammenarbeiten und ich war überglücklich. Ohne Bedenken beglich ich die drei Rechnungen in Höhe von knapp 2.700 €, denn mir war klar, dass hier vor Begleichung der Rechnungen kein Finger gerührt werden würde."

Gisela hatte interessiert zugehört, zwischendurch aber schon häufiger den Kopf geschüttelt. Sie ließ Frau Schmedes weiter berichten:

„Nach einem knappen halben Jahr erhielt ich die Nachricht, dass ein Verlag, der nicht genannt werden wollte, Interesse an meinem Buch habe. Man ließ anfragen, ob eventuell eine Fortsetzung denkbar sei. Ich war überglücklich, fühlte mich gebauchpinselt und legte mich ins Zeug, denn mir war meine

Protagonistin richtig ans Herz gewachsen. Ich schrieb und schrieb und war fast der Meinung, dass die Fortsetzung noch spannender gelungen war. Doch dann erhielt ich erneut drei Rechnungen in fast gleicher Höhe für die Lektorierung und die angestrebte Publizierung. Wieder zahlte ich!
Inzwischen waren gute Freunde von mir auf diese Agentur aufmerksam geworden und warnten mich immer wieder vor den betrügerischen Machenschaften, über die reichlich in verschiedenen Blogs im Internet zu lesen war. Mehrfach war der Agent zu Gefängnisstrafen verurteilt worden. Ich mag es kaum erzählen, dass ich all die Schlechtigkeiten über ihn nicht glauben wollte."
Inzwischen hatte Frau Schmedes Tränen in den Augen und ihre Stimme zitterte ein wenig.
„Die Tortur war immer noch nicht beendet. Denn es war angeblich wieder ein Verlag gefunden, der erst einmal den Titel meines Buches geändert hatte. Es lag auch ein Vorschlag über die Covergestaltung bei, die absolut unpassend war. Eine entsprechende

Rechnung war beigefügt. Von meinem ersten Projekt war überhaupt keine Rede mehr.

Zum Glück habe ich keine weiteren Beträge mehr überwiesen. Wie ich recherchieren konnte, hat dieser Mensch unzählige potentielle Autoren betrogen. Da ging es häufig um mehrere 10.000 €.

Schweren Herzens habe ich irgendwann die Beträge abgeschrieben.

Diese beiden Bücher habe ich dann erst nach Jahren über die Self-Publishing-Plattform veröffentlicht, und das ist auch gut so, denn da kaufe ich keine Katze im Sack.

Ach, ich könnte noch so viel über die Berliner Agentur berichten, zum Glück habe ich inzwischen einiges verdrängen können."

Frau Schmedes hatte sich richtig in Rage geredet, sie war scheinbar sehr froh, in Gisela eine gute Zuhörerin gefunden zu haben.

Nachdem Frau Schmedes gegangen war, schämte Gisela sich ihrer Gedanken. Es war besser, diese nicht vor Martin und Anton auszubreiten. Wie wunderschön und harmonisch war doch ihr Leben vorm Einzug der Nachbarn gewesen. Und jetzt? Sie stellte sich gerade vor, sie würde tatsächlich noch einmal in einer Mordsache recherchieren und hätte sechs weitere Menschen im Schlepptau, die sie dabei behindern könnten.

Leise murmelte sie vor sich hin: „Gisela, du bist ein altes Schandmäulchen! Erstens hast du selbst die Mieter ausgesucht und zweitens: Glaubst du wirklich, das Schicksal präsentiert dir noch einen dritten ungelösten Mordfall?" Martin war hinzugekommen, hatte ihre Worte zum Glück nicht verstehen können. Dachte er vielleicht genauso wie sie? Gisela wusste, dass sie sich mit den neuen Lebensumständen arrangieren musste und das wollte sie auch tun. Das Schlimmste war, dass scheinbar alle Bewohner dieser beiden Häuser gerade sie auf einen Thron heben wollten und das passte ihr gar nicht.

Das ursprüngliche Haus der Lindemanns mit den Mietern Gisela, Martin und Anton trug die Hausnummer 69, der Neubau hatte zu der 69 den Zusatz „a" bekommen. So bezeichneten Gisela und die beiden Männer das neue Haus kurzerhand mit „Nr. a".

Es schien, als habe Gisela bei der Mietersuche einen richtigen Glücksgriff gemacht, denn alles im Haus Nr. a lief harmonisch ab.

Die Damen Hartmann und Schmedes unternahmen häufig Spritztouren, um die neue Umgebung besser kennenzulernen. Herr Meyerholz und Herr Bauermann waren oftmals mit Nordic-Walking-Stöcken unterwegs. Meistens trafen alle wieder ein, um das Mittagessen gemeinsam einzunehmen, welches in der Regel Frau Bartels zubereitet hatte, die diese Verpflichtung wohl gern übernommen hatte. Die Mieter hatten einen Einkaufsplan ausgearbeitet, so brauchte nicht jeder wegen der Besorgungen in die Stadt zu fahren. In der Tat waren sie füreinander da. Häufig brannte abends Licht in der gemeinsam genutzten guten Stube. Hier gab es einen großen Fernsehapparat, der natürlich auch zu Sportschau-Zeiten lief. Gisela war ziemlich sicher, dass in diesem gemütlichen Raum so manches Feierabend-Bier getrunken oder so manches Glas Wein genossen wurde.

Martin schaute aus dem Fenster und schmunzelte: „Die Damen verlassen gerade das Haus und steuern Arm in Arm den

Parkplatz an. Die haben scheinbar einen Narren aneinander gefressen."
Anton meinte: „Ist doch super, wenn sie sich so gut verstehen. Man möchte manchmal Mäuschen sein, um zu hören, was die beiden Damen sich alles zu erzählen haben."

Den Nachmittag hatten die Drei für sich reserviert und eine Radtour geplant. Nach einer kurzen Besprechung starteten sie in Richtung Albringhausen – Martin und Anton auf dem Tandem – und Gisela auf ihrem Fahrrad. Von hier aus wollten sie Affinghausen erreichen und hatten somit die Gegend gewählt, in der Gisela sich im letzten Jahr auf der Suche nach einem Verbrecherdomizil verirrt hatte. Etwas Unbehagen spürte Gisela auf diesem Weg immer noch. Wie gut, dass sie Martin an ihrer Seite hatte, der würde schon auf sein geliebtes Hummelchen aufpassen.
Gegen 18 Uhr waren die Drei mit roten Wangen, wofür die Frühsommersonne und der Fahrtwind verantwortlich zu machen waren, wieder zurück gekehrt. Ganz aufgeregt wurden sie von Herrn Lindemann

empfangen, der offensichtlich schon auf sie gewartet hatte. Gisela verschwand erst einmal ins Haus, weil sie für kleine Giselas musste. Das gleich hatte auch Anton vor, doch die Stimme von Herrn Lindemann klang so aufgeregt, dass Anton stehen blieb. Eigentlich wollte Martin erst die Fahrräder verstauen, aber Herr Lindemann rief ihm nach:
„Halt! Martin warte! Halt mal, stopp!"
Das war ungewöhnlich, denn Herr Lindemann duzte ihn plötzlich.
„Entschuldigung, aber ich muss was erzählen, das glaubt ihr nicht!", und dabei grinste er ganz eigenartig. Herr Lindemann hielt eine offene Bierflasche in der Hand und so wie er sich verhielt, ließ sich darauf schließen, dass es nicht die einzige Flasche gewesen war.
Martin forderte Herrn Lindemann auf, mit in die Wohnung zu kommen. Erst als sich alle Drei zusammen eingefunden hatten, ließ er die Katze aus dem Sack.
„Meine Frau ist heute in Bremen und ich ersticke fast an dem, was ich gesehen habe und das ich noch keinem erzählen konnte.

Also, ich habe die Auffahrt gefegt und hab noch ein paar Worte mit Frau Schmedes gewechselt, die gerade ihre Fenster putzte.
Plötzlich fuhr ziemlich rasant ein silbergrauer Audi TT auf den Hof. Aus dem Cabrio stieg ein ebenso silbergrauer, gut aussehender Mann so zwischen 50 und 60. Gerade als er vom Sitz der Beifahrerseite einen riesigen Rosenstrauß holte, kam Frau Hartmann auf den Parkplatz gefahren. Frau Schmedes hatte das Fenster aufgerissen und rief ziemlich schrill ‚Bernibärchen, wo kommst du denn her?'
Frau Hartmann war offensichtlich der Meinung, dass die Rosen für sie bestimmt seien und fiel dem Silbergrauen gleich um den Hals und wollte ihn gar nicht wieder loslassen. Dabei hatte sie nicht mit Frau Schmedes gerechnet, die wutentbrannt aus dem Haus gerannt kam.
Bernibärchen wurde puterrot im Gesicht und fasste sich ans Herz. Markierte der oder hatte er nicht damit gerechnet, hier gleich zwei Vertraute anzutreffen. Die beiden haben ihn mit ins Haus genommen, ich weiß aber nicht, wer nun von ihnen Siegerin wurde.

Zwischendurch konnte ich immer wieder lautes Gezänke hören.
Und da, der Wagen steht immer noch da, mit Osnabrücker Kennzeichen."
Kein Zweifel, Lindemann hatte einen ordentlichen Schwips, aber das war ja auch fast fernsehreif, was er da beobachtet hatte.
„Vielleicht ist es der Bruder einer der Damen?"
Antons Idee fand Gisela nicht gut und sie vermutete: „Wenn das man nicht ein Heiratsschwindler ist! Hmmh, Bernibärchen?!"
Da waren nun alle Vier gespannt, wie die Geschichte wohl ausgehen mochte. Obwohl Gisela von sich meinte, dass sie nicht neugierig sei, musste sie eingestehen, dass das nicht der Fall war, denn sie schob von Zeit zu Zeit die Gardine zur Seite, um zu sehen, ob der Osnabrücker Flitzer noch auf dem Parkplatz stand. Erst nach 20 Uhr verließ der Silbergraue das Haus allein. Bevor er ins Auto stieg, drehte er sich noch einige Male um, aber keine der beiden Frauen schaute aus dem Fenster oder begleitete ihn zum Wagen.

Inzwischen war Frau Lindemann zurückgekehrt und wunderte sich nicht schlecht über ihren beschwipsten Mann. Sie zeigte aber durchaus Verständnis für ihn, als sie die Geschichte von Bernibärchen hörte.
Es blieb nun abzuwarten, ob der Vorfall totgeschwiegen wurde oder ob die Damen davon berichteten würden.

Die gemütliche Frühstücksrunde von Gisela und ihren beiden Mitbewohnern wurde durch lang anhaltendes Klingeln gestört. Frau Schmedes stand mit hochrotem Kopf vor der Tür und begehrte ein vertrauliches Gespräch mit Gisela. So von Frau zu Frau, wie sie sagte. Gisela ließ ihre zweite Brötchenhälfte liegen und zog sich mit Frau Schmedes in ihr Reich zurück. Verrückt, die hatte nicht einmal gefragt, ob es Gisela jetzt passen würde. Die Tür war gerade in die Klinke gefallen, als Frau Schmedes ihr Taschentuch zückte und von ihrer großen Liebe, Bernhard Hübner, erzählte. Vor knapp einem halben Jahr hatte sie seine persönliche Bekanntschaft gemacht, nachdem sie vorher ein paar Wochen lang mit ihm im Internet

gechattet hatte. Damals habe sie sich Knall auf Fall in ihn verliebt, obwohl er ja einige Jahre jünger als sie war. Herr Hübner repräsentierte eine Arzneimittelfirma und war viel unterwegs. Mit ihm plante sie eine gemeinsame Zukunft und er sei auch der Grund, weshalb sie aus Bielefeld weggezogen war. Mit ihm wollte sie neu anfangen und das in einer ganz anderen Umgebung. Die neue Wohnung war ja groß genug für Zwei.
Jetzt fing sie an zu heulen: „Und dann kommt mir die alte Kuh dazwischen und meint, sie hätte Anrechte auf meinen Bernhard. Angeblich kennt sie ihn schon länger als ich. Die erzählt, sie hätten sich eine Auszeit genehmigt. Er hätte auch gar nichts von ihrem Umzug gewusst. Wegen einer umfangreichen Veränderung an seinem Arbeitsplatz habe er sich zurückgezogen."
„Wer? Welche Kuh?" Gisela stellte sich dumm.
„Na, die Hartmann doch!"
Noch ehe Gisela weiter darauf eingehen konnte, klopfte es erneut an Giselas Tür. Martin steckte den Kopf durch die Tür:

„Tschuldigung, Frau Bartels möchte gerne mit dir sprechen. Soll sie warten?"
Durch diese Unterbrechung hatte Frau Schmedes offensichtlich die Lust auf Fortsetzung des Gesprächs mit Gisela verloren. Als sie sich überstürzt verabschiedete, warf sie einen beleidigten Blick zurück.
Als Martin dann Frau Bartels in Giselas Reich begleitete, brachte er gleichzeitig Giselas restliches Frühstück mit. „Komm, mein Hummelchen, iss erst mal. Weißt ja, wie wichtig das für dich ist."
Ach, der gute Martin!
Gisela ahnte schon, was Frau Bartels auf dem Herzen hatte. Zuvor war sie nie allein ins Nachbarhaus gekommen, aber das, was sie zu berichten hatte, schien ihr wichtig zu sein. In der Tat berichtete sie, selbst ein wenig belustigt, über den gestrigen Auftritt des Herrn mit dem silbergrauen Sportflitzer.
„Das war ja eine Geschichte für Pleiten, Pech und Pannen! Wäre Frau Hartmann nur ein paar Minuten später gekommen, wäre er ja schon in Frau Schmedes Reich

verschwunden. Aber seinen Wagen hätte sie vielleicht auch erkannt.

Das Haus ist ja keinesfalls hellhörig gebaut, aber den lauten Streit haben wir gut verfolgen können.

Es ist doch auch kurios: Da suchen Sie aus den Bewerbern zwei aus verschiedenen Städten aus, die sich lieber nie begegnet wären. Na ja, die Welt ist eben klein!"

Grinsend trat Martin ein und kündigte die nächste Besucherin an: Frau Hartmann bat um ein vertrauliches Gespräch mit Gisela.

So gab es einen fliegenden Wechsel, Frau Bartels verabschiedete sich augenzwinkernd und Frau Hartmann stand wie ein Häufchen Elend in der Tür. Gisela hörte nun deren Version der Geschichte. Enttäuscht und verbittert wirkte sie, als sie von ihrer Verbindung zum Grauhaarigen erzählte.

Ein halbes Jahr lang dauerte ihre Beziehung und sie hatte damals geglaubt, die ganz große Liebe gefunden zu haben.

Bald erzählte er von einer großen Investition bei einer Arzneimittelfirma. Da sollte es um ein großes Forschungsprojekt gehen, um die

Neuentwicklung von Medikamenten für Krebspatienten.

„Kurz gesagt, er brauchte Geld, und ich habe ihm mein Erspartes gegeben. Alles! Ganze 55 000 €! Er versprach eine hohe Gewinnbeteiligung, sollte das Mittel zugelassen werden. Als er das Geld hatte, machte er sich rar. Gab vor, keine Zeit zu haben. Telefonisch war er für mich nicht mehr erreichbar.

Darauf habe ich mir noch einen zusätzlichen Job gesucht und in meiner Freizeit Eintrittskarten im Freibad unserer Nachbargemeinde verkauft. So kam ich auf andere Gedanken und konnte gleich wieder etwas ansparen.

Ich Blödmann habe ihm damals das Geld in bar gegeben, ganz ohne Quittung. Na ja, Liebe macht blind!

Als ich ihn gestern mit den roten Rosen sah, dachte ich, er würde zu mir kommen und mir vielleicht sogar mein Geld zurückbringen.

Aber denkste! Sie haben ja bestimmt schon gehört, dass die Rosen für Frau Schmedes und nicht für mich bestimmt waren."

Ja, ja, Gisela war schon eine gute Zuhörerin. Sie unterbrach selten, stellte mal eine Zwischenfrage, um den Zusammenhang besser verstehen zu können. Frau Hartmann tat ihr leid, und das gab sie ihr auch zu verstehen. Einen guten Rat hatte Gisela so spontan aber nicht für die weinende Frau Hartmann. Das Klopfen an der Tür entspannte die Situation ein wenig. Martin erinnerte Gisela an den Zahnarzttermin und die war sogar ziemlich froh, etwas Abstand zu den Lebensbeichten der anderen Mitbewohner zu bekommen.

Nachdem die Tür ins Schloss gefallen war, stellte Gisela richtig: „Ich muss doch erst heute Nachmittag zum Zahnarzt."

„Ja, ich weiß schon. Ich wollte dich auch nur erlösen. Du bist doch keine Briefkastentante, bei der man alle Sorgen loswerden kann. Lass uns nach dem Zahnarztbesuch nach Syke fahren, dann bist du erst mal außer Gefecht."

Gerade als Gisela anfangen wollte, Martin und Anton auf dem Laufenden zu halten, klingelte es erneut: Dieses Mal begehrte Frau Lindemann Einlass. Das war auch gut so,

denn die zählte ja zu den „Vertrauenswürdigen". Gisela hatte keine Hemmungen, die Neuigkeiten in diesem Kreis auszubreiten, denn sie hatte keiner der Damen Verschwiegenheit zugesagt.
Alle Vier waren sich einig, dass die Begegnung des Grauhaarigen mit den beiden Damen schon ein Kuriosum war. Blieb das Ende der Geschichte abzuwarten.
Nach dem Kontrollbesuch beim Zahnarzt fuhren Martin, Gisela und Anton tatsächlich nach Syke, nicht zuletzt um festzustellen, ob Mateo schon wieder gewachsen war. Gaby freute sich riesig über den Besuch ihrer Tante samt Anhang, denn sie hatte sich in der letzten Zeit schon vernachlässigt gefühlt.
Anton strahlte über das ganze Gesicht, als Nadine ihm den kleinen Mateo in den Arm legte. Täuschte es, oder waren seine Augen etwas feucht geworden?
Noch nie hatte Gisela sich zu den Klatschweibern gezählt, aber jetzt konnte sie es nicht lassen und plapperte über die seltsamen Geschehnisse im Haus „Nr. a".

Auf dem Rückweg fiel ihnen ein silbergrauer Audi TT mit Osnabrücker Kennzeichen auf. Martin reagierte, wendete und folgte dem Wagen in sicherer Entfernung. Der hielt auf dem Parkplatz von Vollmer's Gasthaus. Der Graue stieg aus und war dann seiner Begleiterin behilflich, aus dem tiefer gelegten Wagen zu steigen: Waltraud Schmedes, die sich die arthrosegeschädigten Knie rieb..!
Na, sieh an, der Kerl war also immer noch im Rennen. Man müsste Frau Schmedes doch warnen! Sie fragen, ob auch sie ihrem Bernibärchen Geld geliehen hatte. Gisela wollte erst eine Nacht drüber schlafen und ihr Bauchgefühl dazu befragen. War es überhaupt richtig, sich einzumischen?
Am nächsten Tag traf Frau Schmedes kurz vor Mittag wieder ein.
Abends rief Herr Bauermann bei Gisela an, um von der miesen Stimmung am Mittagstisch zu erzählen. Da herrschte offensichtlich Krieg zwischen den Damen Hartmann und Schmedes. Es war schon seltsam, alle reagierten etwas belustigt, dann aber auch mitfühlend mit den Beiden.

Was war zu tun? Martin schlug Ablenkung vor, vielleicht sollten sie alle gemeinsam an einer Führung im Bassumer Stift teilnehmen, denn die hatten sie schon seit längerer Zeit geplant.

„Nein, das geht gar nicht. Die beiden Streithennen werden noch aufeinander losgehen und uns die Gemütlichkeit einer Gemeinschaftsveranstaltung nehmen", meinte Gisela.

Am nächsten Wochenende meldete sich Frau Hartmann bei Frau Bartels zum Essen ab. Angeblich plante sie ein Wochenende in Paderborn. Ob es stimmte? Alle bezweifelten ihre Angaben und hielten es für möglich, dass sie ein Treffen mit dem Grauen vor sich hatte.

Am Montagabend kehrte Frau Hartmann munter und beschwingt wieder zurück. Aus dieser Stimmungswandlung ließ sich schließen, dass sie in Bernhards Arme zurückgekehrt war.

Das Ehepaar Bartels und auch die Herren Bauermann und Meyerholz, sie alle litten unter den offenen Streitereien der beiden

Rivalinnen. Um die anfängliche Harmonie im Haus „69 a" war es bereits nach einigen Wochen geschehen. Wohl alle hatten sich die Situation in der WG anders vorgestellt. Gisela meinte, dass ihr alle bei jeder Begegnung einen vorwurfsvollen Blick zuwarfen. Es war richtig, sie hatte auf Wunsch der Lindemanns die Bewohner der WG ausgewählt.

Dafür hatte sie viel Lob erhalten, doch dann kam alles anders, denn sie hatte damals nicht mit der Existenz eines Bernibärchens rechnen können. Gisela selbst wusste nur zu gut, dass man sie nicht für die Disharmonien verantwortlich machen konnte.

Gisela und Martin waren ganz schön baff, als sie Antons Worte hörten: „Ich hatte schon fast eine Auge auf Frau Hartmann geworfen, soweit mir das möglich ist. Ihre Art sagte mir sehr zu. Wie gut doch, dass ich mich zurückgehalten habe." Sieh an, sieh an, der Anton! Fehlte ihm doch eine Frau an seiner Seite?

Die Tage vergingen, die Damen Schmedes und Hartmann führten ihren Zickenkrieg weiter, doch von dem Herrn mit dem Audi TT war nichts mehr zu sehen.

Eines Morgens brachte Martin die Zeitungen in die Altpapiertonne. Neben der Tonne lagen ein paar zerrissene bedruckte Papierfetzen. Sein Hummelchen hatte neulich einen langen Brief an die Versicherung geschrieben. Sollten diese Fetzen aus ihrem Drucker stammen? Hatte sie die versehentlich daneben geworfen? Er hob sie auf, um sie zu entsorgen, warf aber vorher doch einen Blick auf die Fragmente.
Er riss die Augen auf als er las: Wir hatten beschlossen, dass er weg muss, sobald wie möglich. Ich kannte mich ja gut in der Landwirtschaft aus und machte ihr den Vorschlag, ihn zu betäuben und ihn dann in ein Maisfeld zu legen, das gerade abgeerntet
Hier endete der Text auf dem ersten Papierstück. Auf dem nächsten Fetzen las Martin:
In der Dämmerung, wenn es nicht gleich erkennbar ist, dass der geerntete Mais blutig ist. Könnte ja auch ein Reh…
Dann wieder:

Geht doch nicht! Der Mäher lässt doch bestimmt 20 – 30 cm von den Stielen stehen. Nein, nein, und dann blieben seine Überreste dazwisch…

Martin war noch nicht am Ende, da gab es noch mehr Puzzlestücke. Er wusste nicht, was er tun sollte, er wusste nur eins: Gisela dufte vorerst nichts von diesen Papierfetzen erfahren. Alle anderen ja, nur Gisela nicht. Sie würde doch sofort wieder anfangen zu kriminalisieren.

Martin steckte seinen Fund in die Hosentasche und klingelte bei Herrn Lindemann. Zusätzlich trommelte er gegen die Glasscheibe, laut „Gerd! Gerd!" rufend. Der war ebenso fassungslos wie Martin selbst, der in groben Zügen vom Anlass seines Besuchs erzählte. Frau Lindemann war nicht im Haus und so breiteten die beiden Männer die Puzzleteile
auf dem Küchentisch aus. Bei den nächsten Teilen fehlte jeweils der Zeilenanfang.

Sie lasen:

zu schwer und so unhandlich. Dann müssen wir...

und:

meine Rückenschmerzen! Dann trennen wir eben die Beine…
und:
grinste und sagte „Black & Decker, Black & Decker!"
Weiter fanden sie noch:
besser gleich in den großen Trichter.
die Bakterien knabbern alles auf. Knusper, knasper…

Mit einer Selbstverständlichkeit hatten sich die beiden Männer jetzt verbrüdert. „Gerd, wir müssen die Reste davon aus der Papiertonne retten! Oh Gott, die wollen den Grauen umbringen! Vielleicht haben sie es schon getan."
Gerd fügte hinzu: „ Die Maisernte ist in vollem Gange. Manche Lohnunternehmer arbeiten tatsächlich mit Licht bis spät in die Nacht. Es könnte sein, dass der Fahrer sich nicht unterbrechen ließe, wenn der gehäckselte Mais plötzlich blutig wird. Es kommt schon häufiger vor, dass es ein Reh oder ein anderes Tier erwischt. Beim Abladen müsste der blutige Mais wieder auffallen.

Das ist ja gruselig! Der Mais wird scheibchenweise geerntet. Stell dir vor, ein Mensch, egal ob betäubt und schon tot, wird scheibchenweise zerkleinert, aber ein großer Teil bleibt auf dem Acker zwischen den Stielen liegen.
Magst du ein Bier?"
Martin mochte! Auf den Schreck konnte das nicht schaden.
Man konnte annehmen, dass das geplante Verbrechen noch nicht geschehen war, immerhin wurde ja in Erwägung gezogen, den Leichnam direkt über den großen Trichter in den Fermenter zu entsorgen.
Gerd schlug vor: „Am besten kann Gisela uns doch helfen. Die weiß doch, was zu tun ist!"
„Nein, nein, die möchte ich da unbedingt noch raushalten. Die engagiert sich viel zu stark und bringt sich womöglich selbst wieder in Gefahr. Sie darf am besten nichts von einem dritten Mord in ihrem Umfeld wissen, falls es ihn gibt. Noch nicht!
Ich werde Kalle und Michael informieren und sie um Rat bitten. Und dann..!"

Martin blieb das letzte Wort im Hals stecken, denn der große LKW der Recyclingfirma fuhr auf den Hof, um die Papiertonnen zu leeren. Zu spät also, um die fehlenden Schnipsel zu sichern. Zu blöd auch. Und Martin wusste: Schon das wäre Gisela nicht passiert, denn die hätte vermutlich umgehend weitere Beweise gesichert.
„Ich wollte Anton telefonisch informieren, aber ich habe mein Smartphone nicht mit. Zuhause habe ich kaum Gelegenheit, allein mit ihm über ein so brisantes Thema zu reden. Darf ich mal euer Telefon benutzen?"
Anton staunte nicht schlecht, dass Martin ihn anrief und um Stillschweigen gegenüber Gisela bat. Über den Anlass seines Anrufes konnte Anton sich gar nicht beruhigen. Eine oder sogar zwei Mörderinnen im Haus „Nr. a"! Ihm lief es grausig über den Rücken und er fragte sich, was jetzt zu tun sei. Die Kontaktaufnahme zu Kalle, dem Superermittler, war die beste Idee, aber wie konnte das ohne Giselas Wissen geschehen? In ihrer kleinen WG gab es noch nie Heimlichkeiten.

Danach rief Martin noch in Syke an. Kalle war nicht da, aber Gaby meldete sich. Die staunte nicht schlecht, als Martin sie bat: „Kannst du mal bei uns anrufen und mich bitten, dass ich euren Rasen mähen soll?" Gaby glaubte, nicht richtig verstanden zu haben und deshalb wiederholte Martin sein Anliegen und fügte hinzu: „Ich muss dringend etwas mit Kalle besprechen, aber Gisela darf nichts von unserem Gespräch erfahren. Wir müssen das so deichseln, dass sie nicht mit nach Syke kommt. Unbedingt – ist ganz wichtig!"

Sollte es Streit zwischen Gisela und Martin gegeben haben? Gaby wunderte sich sehr über Martins Verhalten. Nein, Streit oder gar Trennung, das wünschte sich Gaby ganz sicher nicht für ihre Tante. Vorsichtshalber brachte Martin etwas Licht ins Dunkel, als er sagte, dass er Gisela schützen wolle, weil es um ein Verbrechen ginge.

„Pass mal auf Martin", schlug Gaby vor, „ich kann Gisela ja aus den Verkehr ziehen und mit ihr nach Bremen fahren. Frauentag oder so. Dann kannst du die Zeit mit Kalle nutzen. Was hältst du davon?"

Natürlich hielt Martin sehr viel davon und er bedankte sich wortreich bei Gaby, die allerdings immer noch vor einem Rätsel stand.

Es wurde Zeit für Martin, wieder nachhause zu gehen, denn der eigentliche Weg zur Papiertonne hatte schon viel zu viel Zeit verschlungen.

Die Papierschnipsel sicher in der Gesäßtasche seiner Jeans versteckt, kam Martin zurück und wurde von Gisela mit den Worten empfangen: „ Na, Bierchen getrunken? Wer war denn der edle Spender?"

„Gerd!" Als Gisela verwundert aus der Wäsche guckte, fügte Martin hinzu: „Das haben wir gerade beschlossen, Lindemann und ich. Auch Anton und du, ihr solltet den Lindemanns bald das „DU" anbieten. Wir haben doch wirklich ein tolles Vertrauensverhältnis miteinander."

Darüber hatte Gisela schon häufig nachgedacht, dann aber doch darauf verzichtet. Bei nächster Gelegenheit wollte sie den Vorschlag machen. Die Lindemanns – das waren schon liebe Menschen, die in die Welt passten.

„Und, gibt es nebenan was Neues?", fragte Gisela interessiert.
„Nö, nö, nicht Neues. Wir haben nur so geklönt!"

Gisela wunderte sich, dass Martin und Anton bei jeder Gelegenheit etwas zu tuscheln hatten und die ihre Gespräche sofort abbrachen, sobald Gisela in Hörweite kam. Planten sie vielleicht eine Überraschung?
Gabys Anruf und die Aufforderung zusammen nach Bremen zu fahren, ließen Giselas Stimmungsbarometer um einiges steigen. Sie war gleich Feuer und Flamme – am nächsten Nachmittag sollte es losgehen. Das hatten die beiden Frauen schon lange nicht mehr gemacht. Bummeln, shoppen kaffeesieren, ach das sollte ein toller Tag werden.

Kalle begrüßte Martin und Anton herzlich und war sehr gespannt auf das, was Martin aus seiner Jeanstasche förderte. „Ich mach dir gleich eine Kopie, jetzt kann ich das ja ohne Zuschauerin machen."

Kalle runzelte die Stirn und meinte: „ Das sieht wirklich nicht gut aus. Das sieht nicht gut aus! Wisst ihr, ob eine der Damen etwas mit Landwirtschaft zu tun hatte? Das lässt ja auf Insider-Wissen schließen."
„Die Waltraud Schmedes stammt von einem Bauernhof, den ihr Bruder jetzt bewirtschaftet. Die kommt ja aus Bielefeld."
Anton erinnerte sich, dass Frau Schmedes vor ihrer Eheschließung in der Syker Gegend gewohnt hatte. Das fiel nun auch Martin wieder ein.
Für Kalle stellte sich ebenfalls die Frage: Wurde da ein Verbrechen geplant oder bereits ausgeführt? Er könnte eventuell bei der Polizei etwas über den Audi TT erfahren, denn Kalle hatte so seine Beziehungen als Ermittler. Er wollte versuchen, die Telefonnummer von dem legendären Bernibärchen herauszufinden. Doch leider konnten sich Martin und Anton nicht mehr so genau an den Nachnamen erinnern. Huber, Hubert, Höpfner oder Hübner? So ähnlich musste er heißen. Schwierige Sache – sollte Kalle ihn ausfindig machen, müsste er ihn dann warnen? Ganz schön verzwickt

war die Sache schon. Kalle bat um Bedenkzeit. Auch hier gab es wieder die Schwierigkeit, dass er die Aufträge seiner Kunden vorrangig bearbeiten musste. In einem stimmte Kalle den beiden Männern eindeutig zu: Gisela durfte vorerst nichts von dem Verdacht erfahren, denn sie würde sich wieder bis zum Äußersten engagieren. Genau daran wollten sie sich halten.

Das Treffen mit Gaby, auf das Gisela sich so sehr gefreut hatte, verlief nicht so, wie in früheren Zeiten. Die Gespräche plätscherten dahin und waren eher oberflächlich. Gaby fasste Gisela mit Glacéhandschuhen an, die das genau spürte, aber nicht den Grund dafür kannte. Gaby wusste ja auch nicht, was da im Busch war und verhielt sich deshalb vermutlich eher zurückhaltend. Zudem passte der Bremen-Trip gar nicht in ihren Zeitplan, sie hatte ihn nur Martin zuliebe ermöglicht.

Gisela fehlte das gewohnte Herzblut, das sie üblicherweise bei den Begegnungen zwischen Tante und Nichte begleitete. Was hatte Gaby bloß? Sollte sie Sorgen haben? Doch in der Familie und am Arbeitsplatz schien alles in Ordnung zu sein. Sollte sie Gaby nach dem Grund ihrer Zurückhaltung fragen? Das unterließ Gisela zunächst, wollte es aber auf jeden Fall nachholen, sollte auch die nächste Begegnung so unterkühlt verlaufen.

Ja, die Beiden hatten zusammen Kaffee getrunken und sie hatten auch beide einen Pullover aus der neuen Herbstkollektion erstanden, aber dann waren sie froh, wieder in Richtung Heimat zu fahren. Irgendwie war bei dieser Begegnung die Luft raus. Nachdem Gisela in Syke wieder in ihren Wagen umgestiegen war, grübelte sie über Gabys Verhalten nach und konnte sich absolut keinen Reim darauf machen. Was Martin wohl dazu sagte?

Der empfing sie mit den Worten: „Ach, bist du schon wieder zurück?"

Ein flüchtiges Küsschen, eine lockere Umarmung – sonst nichts. Verflixt, weshalb war alles anders als gewohnt.

Anton ging mal wieder seiner Lieblingsbeschäftigung nach und putzte Fenster. Ihm war es scheinbar egal, dass Gisela wieder zurück war.

Sie musste an die Luft und öffnete die Terrassentür. Erfreut, Frau Lindemann zu sehen, steuerte sie deren Reich an, doch Frau Lindemann drehte auf dem Absatz um mit den Worten: „Huch, ich habe einen Kuchen im Backofen. Der muss gleich raus!" Schwupp, war sie weg.

Gisela verstand die Welt nicht mehr: Sie hatte doch nicht die Pest! Weshalb begegneten ihr all die vertrauten Menschen mit Abstand und gingen ihr aus dem Weg?

Sie stand vor einem Rätsel. War sie zu empfindlich und bildete sich das alles nur ein? Sie musste der Sache auf den Grund gehen und sprach Martin und Anton beim Abendessen direkt an:

„Sagt mal, ist was? Habe ich euch etwas getan? Ihr verhaltet euch beide so merkwürdig. So ganz anders als sonst!"

Beide bestätigten, dass alles wie gewohnt sei. Dennoch verliefen die Gespräche oberflächlich, irgendwie wirkte alles gekünstelt. Gisela wusste genau, dass sich beide Männer richtig verlegen verhielten – so, als hätten sie etwas zu verbergen. Deshalb beschloss sie, einfach mal zu

streiken. Sie würde sich früh in ihr Reich zurückziehen, mal sehen wie Martin wohl darauf reagierte. In der Regel entschieden sie abends, ob sie oben in Martins Wohnung oder unten in Giselas Schlafzimmer die Nacht verbrachten.
Offensichtlich war Martin froh, als Gisela den beiden eine Gute Nacht wünschte, denn so würde er weiteren unbequemen Fragen aus dem Weg gehen. Weder Martin noch Anton fragten sie, weshalb sie auf den gewohnten Fernsehabend verzichten wollte. Seltsam, alles verhielt sich seltsam.
Schmollend griff Gisela zum Telefon, um mit ihrem früheren Chef, Herrn von Horn zu plaudern, der auf Lanzarote wohnte. Ablenkung war genau das, was sie jetzt brauchte. Herr von Horn freute sich sehr über den Anruf seiner „belle Giselle", wie er sie früher nannte und ermunterte sie gleich, ihn und seine Frau wieder mal zu besuchen. Martin und Anton könne sie gern mitbringen, aber allein sei sie auch willkommen. Es wurde weiter über Wichtiges und Unwichtiges geplaudert, von ihren derzeitigen Sorgen erzählte Gisela nichts.

Wohl aber gab sie die Geschichte von Bernibärchen und den beiden Mieterinnen von gegenüber zum Besten. Das lange Telefonat hatte sie zwar auf andere Gedanken gebracht, doch die Situation blieb unverändert.

Sie sortierte noch einmal: Martin war plötzlich kühl und distanziert. Anton ging ihr gezielt aus dem Weg, ebenso Frau Lindemann, die ja Reißaus nahm, als sie Gisela sah. Herrn Lindemann hatte sie schon zwei Tage lang nicht gesehen. Gaby, was war mit Gaby bei ihrem letzten Treffen? Da hatte Gisela fast den Eindruck gewonnen, Gaby war nicht wirklich gern gekommen. Warum nur, Gaby selbst hatte doch den Bremen-Trip vorgeschlagen. Die anderen Syker hatte Gisela schon längere Zeit nicht gesehen. Bei der letzten Begegnung war noch alles herzlich und harmonisch gewesen. Sollte sie engeren Kontakt zu den neuen Nachbarn suchen? Den Damen Hartmann und Schmedes wollte sie im Augenblick lieber nicht auf die Pelle rücken. Herr und Frau Bartels würden sich bestimmt über einen unverbindlichen Besuch freuen, aber

wem war damit wirklich geholfen? Herr Bauermann und Herr Meyerholz hatten sich scheinbar gesucht und gefunden, denn sie unternahmen tatsächlich viel zusammen. Da konnte und wollte sie nicht mitmischen.
Gespannt war Gisela, ob Martin noch zum Gute-Nacht-Kuss kommen würde. Sie wartete vergeblich darauf und schlief trotz Besorgnis und Ungewissheit ein.
Die Situation am Frühstückstisch war am nächsten Morgen unverändert. Martin versteckte sich hinter der Zeitung, aus der er Anton besonders lange vorlas. Anscheinend war sie Luft für die beiden Männer.
„Ich fahr zum Friseur", verriet Gisela, die startklar in der Tür stand.
„Du hast doch gar keinen Termin! Oder doch?" Martin reagierte verdutzt.
„Ich hab keinen Termin, aber vielleicht komme ich auch so dran. Was soll ich denn hier, ihr redet ja nicht mehr mit mir. Dann kann ich mich auch alleine vergnügen und mich verwöhnen lassen." Eine Antwort wartete sie nicht ab. Die Tür war etwas lauter ins Schloss gefallen, als sie das Haus verließ.

Martin und Anton fühlten sich gar nicht wohl in ihrer Haut und ihnen war nicht klar, wie sehr sie die feinfühlige Gisela durch ihre Distanzierung verletzten. Dennoch beschlossen die Männer, Gisela immer noch nichts von den ominösen Papierschnipseln zu erzählen.

Seitdem die Drei zusammen wohnten war donnerstags Waschtag. Zu Anfang hatte Martin wechselweise mit Gisela diese Aufgabe übernommen. Es hatte sich mehrfach herausgestellt, dass Martin bei der Sortierung der Schmutzwäsche recht großzügig vorgegangen war, was so einige verfärbte Wäschestücke bewiesen hatten. Seitdem hatte Gisela diesen Job gewonnen und fühlte sich für die Wäsche verantwortlich. Meist hörten die Männer dann ihre Frage: „Habt ihr noch Buntwäsche?"

Es war Donnerstag und Gisela fragte sich ernstlich, ob sie sich nur um ihre Wäsche kümmern sollte. Wenn die beiden Männer sich so ungewöhnlich abweisend und zurückhaltend verhielten, hatten sie es kaum verdient, dass sie sich um deren Wäsche kümmerte.

Dummerweise war die Waschmaschine alles andere als gefüllt und Gisela war zu sparsam, um sie nur für drei Teile laufen zu lassen. So ging sie erst in Martins Zimmer und griff nach seiner Jeans, die er über eine Stuhllehne gelegt hatte. Sicher sollte die gewaschen werden und Gisela nahm sie mit nach unten. Sie überwand sich dann doch und fragte Anton nach seiner Buntwäsche. Anton war zwar höflich aber er mauerte nach wie vor. Martins Socken? Sollte er sie doch herbringen, weshalb sollte sie da hinterher betteln.

Bevor die Wäsche in der Maschine verschwand, leerte Gisela die Taschen von Martins Jeans. Neben zwei Tempo-Tüchern und einem Einkaufschip förderte sie ein paar beschriebene Papierfetzen aus der Gesäßtasche. Noch bevor sie einen Blick darauf werfen konnte, kam Martin um die Ecke. Irgendwie war sein Blick finster, als er mit zusammengekniffenen Lippen fragte: „Was machst du mit meiner Jeans, die ist nicht schmutzig, gib her!" Doch dann sah er, dass Gisela die „Geheimpapiere" bereits in den Händen hielt.

„Komm her, komm, wir gehen zu Anton!", sagte er und zog Gisela mit sich.

„Sie hat's gefunden!" rief Martin, als Anton in Reichweite war. Seltsamerweise gewann Gisela den Eindruck, als sei Martin ein Stein vom Herzen gefallen, weil er jetzt sein Geheimnis preisgeben musste.

Nach und nach faltete Gisela die Schnipsel auseinander, las und versuchte, sich einen Reim auf die Fragmente zu machen.

Dann fing sie an zu grinsen und Martin meinte, sein Hummelchen würde ihn auslachen. Warum nur? Noch bevor sie etwas sagte, entschuldigte er sich.

„Wir wollten dich nur schützen, denn wir waren überzeugt, dass die beiden Frauen den Grauhaarigen umgebracht haben. Du solltest dich auf keinen Fall wieder auf Mörderjagd begeben. Ich habe das am Container gefunden. Als du mit Gaby in Bremen warst, war Kalle hier. Noch konnte er auch keine Erklärung dafür finden. Wir hielten es alle für richtig, dich vorerst nicht damit zu konfrontieren."

Und Anton fügte hinzu: „Der Zustand war so unerträglich geworden! Diesen kalten Krieg hätte ich nicht viel länger aushalten können."
Was sollte Gisela machen? Schmollen? So tun, als sei nichts geschehen? Aber rumzumaulen, das war auch nicht ihr Ding und deshalb klärte sie gleich auf.
„Ihr seid mir schöne Experten. Das ist doch Mumpitz. Die beiden Damen sind immer noch wie Hund und Katze. Wenn man zu zweit einen Mord plant, dann muss man sich aufeinander verlassen können und darf sich nicht bekriegen. Habt ihr vergessen, dass Frau Schmedes Schriftstellerin ist und gerade an ihrem neuen Krimi schreibt? Das was hier zu lesen ist, käme doch einem Geständnis gleich. Meint ihr nicht, sie hätte diese Papierstücke dann gründlich vernichtet?"
„Du bist ein Phänomen, meine Liebste. Du hast sofort eine plausible Erklärung für Fälle wie diesen. Hätten wir dich gleich ins Vertrauen gezogen, wäre uns die Quälerei erspart geblieben. Bitte entschuldige, bist du wieder gut?"
„Das muss ich mir noch schwer überlegen", antwortete Gisela, aber ihr Tonfall hatte auch

Anton fast überzeugt, dass die geschätzte Mitbewohnerin nicht mehr schmollte.

„Dann geh am besten gleich rüber und erzähle den Lindemanns, was Sache ist. Sie können beruhigt sein, es gibt keine Mörderinnen im Haus „Nr. a".

Unverzüglich machte sich Martin auf den Weg, denn so konnte er eventuell doch noch folgenden Vorwürfen aus dem Weg gehen.

Er hatte die Tür noch nicht geschlossen, als er aufgeregt zurückkam: „Das musst du sehen, der Graue hat gerade Frau Schmedes abgeholt. Er hat in der Tat den lebenden Beweis angetreten."

Auch in Syke wurde die Lösung des Falls, der gar keiner war, erleichtert aufgenommen.

Gisela erzählte den beiden Männern von ihrem Gespräch mit Herrn von Horn, der ihr einen Urlaub auf Lanzarote schmackhaft gemacht hatte. Die waren sofort Feuer und Flamme, wollten aber der großen Spätsommerhitze aus dem Weg gehen und noch ein paar Wochen warten. So waren sie sich wieder einig: Gisela war froh, weil ihr Vorschlag begeistert angenommen wurde.

Martin hatte schon längst Lust auf Urlaub verspürt und Anton war glücklich, dass er mit einer Selbstverständlichkeit dazu gehören durfte.

Auf Tandem und Fahrrad sah man die Drei häufig durch die Gegend fahren, manchmal ziellos die Umgebung erkundend und von Zeit zu Zeit fuhren sie sogar auf den Rädern zum Schwimmbad. Das Naturbad in Bassum war schon reizvoll, doch das Wasser war meist recht kalt. Der Weg bis zum Twistringer Freibad stellte kein Problem dar, denn es gab ja einen Radweg. Das Bad selbst, und dazu gehörte auch die große Liegewiese, gefiel ihnen sehr gut. Am wohlsten fühlten sie sich im Harpstedter Rosenfreibad. Dahin fuhren sie allerdings lieber mit dem Auto, denn es war recht gefährlich, auf der vielbefahrenen Landstraße ohne Radweg zu fahren. Irgendwann wollten sie einen Schleichweg erkunden.

Meist legten sie ihren Freibadbesuch in die Mittagzeit, wenn es noch verhältnismäßig ruhig im Schwimmbecken war. Bei allzu großem Badebetrieb fühlte Anton sich nicht sicher im Wasser und vertrieb sich die Zeit auf der Terrasse. Er war schon glücklich, dass er dank Martin und Gisela nahezu unbeschwert am Leben und Treiben im Freibad teilhaben konnte.

Im Haus gegenüber war immer noch dicke Luft und es hatte nicht den Anschein, dass sich früher oder später etwas ändern könnte. Das war sehr bedauerlich, denn so war das alles nicht geplant. Die Damen Hartmann und Schmedes gingen sich aus dem Weg. Wenn sie sich doch begegneten, schoss wenigstens eine der beiden Giftpfeile auf die Rivalin. Wer hätte das gedacht, wo doch alles so harmonisch begann! Bernibär wurde von keinem aus den Häusern 69 und 69 a, außer den besagten Damen, ins Herz geschlossen. Frau Bartels hatte Frau Lindemann schon erklärt, wie sehr sie den Umzug nach Osterbinde bereut hätte. Werner Bauermann und Hans Meyerholz hatten einige gemeinsame Interessen und so verbrachten sie viel Zeit miteinander. Das erhoffte harmonische Miteinander im Haus gab es nicht mehr. Wie sollte das bloß weitergehen?

Eines Abends rief Kalle bei Gisela an. Als es seine Arbeitszeit einmal zuließ, hatte er seine guten Beziehungen zur Polizei spielen lassen und versucht, etwas über Bernhard Hübner mit dem silbergrauen Audi TT und dem Osnabrücker Kennzeichen zu erfahren. Was er erfuhr, war nicht wirklich eine Überraschung: Bernibärchen war schon mehrfach wegen Betrugs angezeigt worden. Zweimal war er sogar wegen Heiratsschwindels verurteilt worden. Zudem war er noch verheiratet. Wie zu erwarten war er kein unbeschriebenes Blatt, doch die Damen Hartmann und Schmedes buhlten weiter um seine Gunst.
Es war schwer mit anzusehen, wie sie auf dem Weg waren, in ihr Unglück zu laufen. Es waren doch gestandene Frauen, vor Liebe blind und nicht bereit, sich die Augen öffnen zu lassen. Herr und Frau Lindemann hatten schon in Erwägung gezogen, beiden Damen eine Kündigung zukommen zu lassen. Doch welchen Grund sollten sie angeben. Beide

bezahlten pünktlich ihre Miete und hatten gegen keine Klausel im Mietvertrag verstoßen.

Die anderen Mieter aus Nr. a baten um eine Krisensitzung auf neutralem Gebiet. Sie organisierten ein Treffen mit den Lindemanns, Gisela, Martin und Anton in der Sportarena. Nach einem leckeren Abendessen wurden von den Betroffenen die Karten auf den Tisch gelegt. Jeder Mieter aus dem Neubau hatte in der eigenen kleinen Küche die Möglichkeit, sich das Essen selbst zu zubereiten. Von Beginn des Zusammenwohnens an saßen sie alle zu jeder Mahlzeit zunächst gemeinsam am Tisch. Die Aufgaben waren zur Zufriedenheit aller aufgeteilt worden. Frau Bartels sorgte für das Mittagessen und weil sie eine perfekte Köchin war, hatte sie diese Rolle gern übernommen. Einkaufen, Tisch decken, Geschirr abräumen, Geschirrspüler ausräumen, Küche putzen – all das erledigten die Anderen. Seitdem der Graue aufgetaucht war, war nichts mehr, wie es so schön begann. Mal erschien Frau Hartmann nicht zum Frühstück und mal Frau Schmedes.

Unentschuldigt natürlich! Ihre Brötchen wurden trocken und das Gedeck war vergeblich an ihren Platz gestellt worden. Sollten doch einmal beide zusammen am Tisch sitzen, breitete sich sofort eisige Stimmung aus oder sie gifteten sich an. Mittags und zum Abendbrot verhielt es sich ähnlich und Frau Bartels beklagte sich, weil sie häufig Essen einfrieren oder sogar vernichten musste.

Lange diskutierten sie, was zu tun sei und wie sie eine Änderung herbeiführen könnten. Doch wie so häufig: „Sie hielten einen Rat und es wurde nichts daraus!" Schließlich konnten sie den Grauen nicht einfach vergrämen, so wie man es bei einem Wolf gelegentlich versucht.

Es schien, als erwarteten alle die ideale Lösung dieses Problems durch Gisela. Aber sie hatte auch keine parat, obwohl sie sich schon lange darüber Gedanken gemacht hatte.

Die einzige Möglichkeit sah sie darin, dass sie die beiden Streithennen über die Vergehen des Herrn Bernhard Hübner aufklärte, aber diesen Plan behielt sie zunächst für sich.

Die beiden waren so verbohrt und würden ihr nicht glauben. Es verbot sich von selbst, Kalles vertrauliche Informationen weiterzugeben.

Gisela versprach den Mitmietern, sich etwas einfallen zu lassen und alle gingen mit dem guten Gefühl nach Hause: Ja, die Frau Koch, die wird's schon richten.

Dabei sollte Gisela ein paar Tage später der Zufall zur Hilfe kommen. Sie begegnete Frau Schmedes am späten Nachmittag auf dem gemeinsamen Parkplatz. Stolz reckte Frau Schmedes ihren perlenumkränzten Hals und warf den Kopf in den Nacken. Eigenartig und überheblich klang ihre Stimme, als sie Gisela verriet: „Er will mich heiraten!" Die angehende Braut schwebte wie auf Wolken und fühlte sich als Siegerin sichtlich wohl in ihrer Rolle. Tief atmete Gisela durch und noch einmal, aber dann war sie nicht zu halten. Etwas zynisch klang es schon, als sie antwortete:

„Und wie viel Euro hat es sie gekostet? Sie zahlen ja sicher vor der Hochzeit, denn danach? Das würde dauern, weil vor einer Heirat seine Ehe je erst geschieden muss. Tauschen Sie sich doch mit Ihrer Mitbewohnerin aus, dann können Sie gleich feststellen, ob die Preise von Herrn Hübner stabil geblieben sind!"

Wie festgewurzelt stand Frau Schmedes da, trat dann wie ein trotziges Kind wütend mit den Füßen auf. Unfair war es sicher, das wusste Gisela selbst, als sie Frau Schmedes allein auf dem Parkplatz stehen ließ. Aber was sollte sie jetzt machen? Sie trösten? Oder sie weiter aufklären? Diese Pferdekur war sicher schwer zu verdauen, aber die Verordnung war eine Spontanreaktion gewesen. Frau Schmedes sollte die Neuigkeit erst mal verarbeiten und sich beruhigen. Hauptsache war ja, dass noch kein Geld geflossen war. Ein bisschen fühlte Gisela sich auch als Verräterin, denn sie hatte das ausgeplaudert, was Frau Hartmann ihr anvertraut hatte. Ach, egal – schließlich diente das nur dem guten Zweck.

Natürlich erzählte Gisela Martin und Anton von den Hochzeitsgelüsten ihrer Nachbarin, die sich sehr darüber amüsierten. Sie diskutierten noch eine Weile über die Tragik dieser Beziehungen. Diesen Fall könnte man durchaus als Tragikkomödie bezeichnen – Stoff genug für eine Verfilmung wäre sicher vorhanden.

Spät abends rief Herr Bauermann noch bei Gisela an:

„ Bitte entschuldigen Sie meine späte Störung. Ich war drauf und dran, die Polizei zu rufen, denn hier ging es ja zu wie im Dollhaus. Die beiden sind wie die Furien aufeinander losgegangen. Als wir um Ruhe baten, haben sie ihr Gekreische in Frau Hartmanns Wohnung fortgesetzt. Seit einer Viertelstunde ist es ruhig. Verdächtig ruhig! Ich hoffe, dass die Beiden noch am Leben sind."

Im Grunde hatte Gisela für die erneute Auseinandersetzung gesorgt, aber auf diesem Weg begann hoffentlich auch ein Ende mit Schrecken. Was sollte sie Herrn Bauermann raten?

Sie erzählte ihm von der Begegnung mit Frau Schmedes und verschwieg auch nicht deren Hochzeitspläne.

„Ich schlage vor, noch etwas zu warten. Sollten sich die Damen beruhigt haben, ist es ja gut. Wenn es wieder laut wird, sollten sie wirklich die Polizei anrufen. Müssen wir uns denn wirklich Sorgen um die beiden machen? Die werden sich doch wohl nichts antun!"
Gisela schlug Herrn Bauermann vor, sich nach einer halben Stunde noch einmal zu melden und sie war schon gespannt, ob sich bald etwas in Frau Hartmanns Wohnung rührte.
Die vereinbarte Zeit war noch nicht ganz vorüber, als Herr Bauermann Entwarnung gab. Frau Schmedes hatte gerade das Hartmannsche Reich lebend verlassen und er hatte beide Stimmen vernommen, die jetzt eher friedlich klangen. Das sah nach Waffenruhe aus, zumindest erst einmal. In den nächsten beiden Tagen geschah nichts Außergewöhnliches im Haus nebenan.
Gisela und die beiden Männer gestalteten ihre Freizeit so, dass sie meistens am Abend auf einen sinnvoll genutzten Tag schauen konnten. Es war wieder Zeit, sich in Sykc bei Gaby und Co. sehen zu lassen. Das war die

erste Begegnung der beiden Frauen nach dem als Ablenkungsmanöver inszenierte Bremen-Trip. Danach gab es nur Anrufe, bei denen Gisela die Syker über die Neuigkeiten in ihrer Nachbarschaft informiert hatte. Zum Glück war kein Groll zurückgeblieben, denn Gisela wusste, dass all ihre Lieben sehr um sie besorgt waren. So wurden es wieder ein paar gemütliche Stunden, die sie auch mit dem kleinen Mateo verbringen konnten, an dem besonders Anton einen Narren gefressen hatte. Für die Sehenden war es eine Freude, zu beobachten, wie sich der Kleine entwickelte. Könnte Anton doch nur sehen, wie sich der Zwerg an ihn schmiegte, die Sympathie schein beidseitig zu sein.

Als sie wieder einmal auf dem Weg nach Harpstedt waren, bog Martin auf halbem Weg links ab. Schon häufig hatte er Anton von dem sich in Bau befindlichen Windpark erzählt. Jetzt wollte Martin es genau wissen und machte sich an einer Info-Tafel schlau. Waren die Drei früher von der Höhe der alten Windkraftanlagen auf der gegenüber liegenden Straßenseite beeindruckt, so erschienen ihnen diese im Vergleich zu den neuen wie Zwerge. Noch war der Bau der 13 Windkrafträder nicht abgeschlossen, die jeweils eine Gesamthöhe von fast 207 Metern erreichten. Die Nabenhöhe betrug stolze 149 Meter und der Rotordurchmesser lag bei 115 Metern. Was für Giganten! Mitarbeiter, die im Innern der Masten nach oben klettern konnten, mussten sicher dafür geboren sein, denn das war bestimmt nicht Jedermanns Sache. Anton musste passen, denn so groß war seine Vorstellungskraft nicht, um diese Ausmaße zu erfassen. Sie tauschten auf dem Rückweg noch eine Weile ihre Meinungen über das Thema Energie aus. Gisela freute sich immer über die interessanten Gespräche in ihrer Dreierrunde und wenn sie über diese oder ähnliche Angelegenheiten sprachen, wurden die Gedanken an die Damen Schmedes und Hartmann abgelenkt.

Schon morgens um neun rief Herr Meyerholz bei Gisela an und konfrontierte sie zum Frühstück mit einer Neuigkeit:
„Ich muss Ihnen schnell was erzählen. Sie glauben ja nicht, was gerade bei uns passiert

ist. Die beiden Damen sind zusammen am Tisch erschienen und, oh Wunder, hieß es ‚bitte reich mir mal die Butter rüber' und so. Die Beiden gingen nett und freundlich miteinander um, so als hätte es niemals Streit gegeben. Ein Außenstehender hätte niemals annehmen können, dass das am Vortag noch ganz anders war. Sie gingen sich doch nur aus dem Weg und wenn sie sich begegneten, ging die Streiterei los. Die hecken irgendwas aus, wir haben schon gerätselt, was da passiert sein mag. Gleich wollen sie in die Stadt fahren und zusammen einkaufen. Es wird doch wohl kein Hochzeitskleid sein? Aber ehrlich, eine wie die andere sah ziemlich schlecht aus. Die Streitereien sind nicht spurlos geblieben!"

Den Inhalt des Gesprächs gab Gisela gleich an Martin und Anton weiter und fühlte sich fast wie eine Klatschtante. Auch die Männer konnten sich keinen Reim darauf machen. Gisela wunderte sich wieder darüber, weshalb gerade sie Ansprechpartnerin für alle und alles auf dem Lindemannschen Anwesen war.

Nach und nach gab es am selben Tag weiteren Informationsaustausch über dieses Phänomen mit den Lindemanns, dem Ehepaar Bartels und den Herren Meyerholz und Bauermann. Natürlich standen die beiden „Bernie-Liebchen", wie Anton sie scherzhaft nannte, unter genauer Beobachtung. Die aber traten plötzlich mit einer riesigen Portion Selbstbewusstsein als Begleiter auf.
Selbstverständlich wurden auch die Syker auf den neuesten Stand gebracht.
Wer aber nun meinte, die Welt sei in Ordnung, der hatte sich gründlich getäuscht, denn die beiden Damen hockten ständig zusammen und übersahen praktisch ihre Mitbewohner. Es war ihnen auch nicht möglich, ihren Tischnachbarn in die Augen zu schauen. Irgendwie wirkten sie verlegen, dann täuschten sie eine überzogene Art Selbstsicherheit vor. Ihr Verhalten war sehr ungewöhnlich und so, wie sie sich jetzt verhielten, hätten sie vor Monaten keine Chance gehabt, in der Wohngemeinschaft aufgenommen zu werden. Nach den Mahlzeiten zogen sie sich zusammen in den

persönlichen Bereich zurück – mal in den einen, mal in den anderen. Häufig fuhren sie mit dem Auto los, mal mit dem einen, mal mit dem anderen. Natürlich erzählten sie nie, wo sie sich aufgehalten hatten. Dieser blöde Bernie hatte alles durcheinander gebracht! Die Harmonie im Haus Nr. a war gänzlich auf der Strecke geblieben.
Alle anderen rätselten, was die beiden Damen mit ihrem Verhalten bezwecken wollten, aber keiner konnte sich das erklären. Nicht einmal Gisela, die glücklich und zufrieden in ihrem Reich mit Martin und Anton lebte und die zum Glück die Querelen von nebenan nicht direkt mitbekam.
Es war schon ein kleines Wunder, dass Frau Schmedes ihre Worte wiederfand und Herrn Lindemann ansprach: „Als wir neulich in Twistringen waren, sind wir über Abbenhausen und Brümsen zurück gefahren. Frau Hartmann fand den Ortsnamen Brümsen so lustig. Ist ja wirklich ein sauberes Dörfchen! Dann sind wir in Ringmar wieder rausgekommen. Auf der linken Seite sahen wir ein verwildertes

Grundstück. Das sah aus wie ein verlassener Campingplatz, kann das sein?"
„Und scheinbar war da auch ein ausgetrockneter See auf dem Gelände", meldete sich jetzt auch Frau Hartmann.
Herr Lindemann konnte natürlich die Fragen beantworten und erklärte den Damen, dass der Campingplatz zurzeit geschlossen sei, denn es hatte Zoff zwischen dem letzten Besitzer und einigen Dauercampern gegeben. Diese Streitereien mussten sogar gerichtlich geklärt werden. Die Besitzer mussten Insolvenz anmelden. Einige Dauercamper hatten schon rechtzeitig Reißaus genommen, aber dann gab es eine kleine Gruppe, die sich nicht vertreiben lassen wollte. Häufig war davon in der Zeitung zu lesen.
Herr Lindemann fuhr fort: „Ich bin zwar kein Camping-Freund, aber es ist ein Jammer, wie trostlos es auf diesem riesigen Gelände aussieht. Früher gab es wohl Camper aus dem ganzen Bundesgebiet, die dort jährlich ihren Urlaub verbrachten. Immerhin waren da auch ein großer Badesee und zwei Schwimmbecken. Jetzt ist alles verwahrlost, weil einige Camper reichlich Müll

zurückgelassen haben. Aber seit dem Frühjahr hat der Insolvenzverwalter einen Makler mit dem Verkauf beauftragt. Hoffentlich findet sich bald ein neuer Betreiber, denn sonst verkommt alles noch mehr."
Die Damen bedankten sich für die Auskunft, sprachen noch ein Wort über das Wetter und zogen sich zurück. Herrn Lindemann war es entgangen, dass beide erschrocken reagierten, als er vom Verkauf des Campingplatzes erzählte.

Obwohl die beiden Damen sich so verhielten, als sei nichts geschehen, war nichts mehr so, wie es früher war. Die vier anderen Mieter hielten alle aus dem „Stammhaus" auf dem Laufenden. Schon oft hatte Gisela an sich gezweifelt: War sie in Osterbinde neugierig geworden? So wie ein altes Tratschweib? Dann beruhigte sie sich wieder und ordnete sich in die Gruppe der Menschen ein, die mit offenen Augen und Ohren durch die Welt gingen. Nicht nur sie spürte, dass da nebenan etwas Ungewöhnliches geschehen war und es schien, es sei noch kein Ende der Geschichte abzusehen. Manchmal kam ihr in den Sinn, jemand könnte sie für den Unfrieden im Nachbarhaus verantwortlich machen. Doch das war doch Blödsinn. Als absoluten Zufall war es zu bezeichnen, dass eine Dame aus Paderborn und eine andere aus Bielefeld, die sich zuvor nie gesehen hatten, ein intimes Verhältnis mit demselben Mann hatten. Besser gesagt, einem Heiratsschwindler zum Opfer geworden waren. Keiner der Mieter wagte, die Beiden nach Berniebärchen zu fragen, obwohl alle gespannt waren, wie die Antwort wohl ausgefallen wäre.

So blieb zunächst alles wie es zu Anfang war, Gisela unternahm am liebsten etwas mit Martin und Anton. Natürlich schätzte sie besonders die Zweisamkeit mit ihrem Martin. Die Begegnungen mit den Lindemanns verliefen immer vertraulich und harmonisch. Die mit Frau Hartmann und Frau Schmedes hatten sich inzwischen verändert, weil sie alle auf Distanz gegangen waren. Zu den restlichen Mietern bestand ein vertrauensvolles Verhältnis. Es war schon irgendwie seltsam, denn wenn sie über

Neuigkeiten aus dem Haus berichteten, taten sie es hinter vorgehaltener Hand.

Frau Schmedes und Frau Hartmann zeigten eine ungewöhnliche Betriebsamkeit, sie waren ständig unterwegs. Schon mehrfach hatten sie große Teile eingekauft, die sie zusammen in der Verpackung in die Wohnung von Frau Schmedes schleppten. Sie planten etwas, das war nicht zu übersehen. Aufgeregt und aufgekratzt wirkten beide und es hatte den Anschein, als strebten sie ein gemeinsames Ziel an. Jetzt kamen sie pünktlich zu den Mahlzeiten, ignorierten dabei meistens die vier Mitbewohner. Es konnte sein, dass sie sich artig abmeldeten, wenn sie ihren Tagesablauf anders planten.

Mal kamen sie abgekämpft zurück, mal machten sie einen zufriedenen Eindruck. Keine Frage, sie hatten etwas vor. Als die Beiden eines Tages grinsend am Mittagstisch per WhatsApp kommunizierten, wurde es Herrn Bauermann zuviel. Am liebsten hätte er mit der Faust auf den Tisch geschlagen, doch das verkniff er sich lieber und tat es nur im Geiste: „Können wir nicht die Zeit zurückdrehen und uns so verhalten, wie wir

es zu Beginn unseres Zusammenwohnens vereinbart und praktiziert haben? Wir hier haben uns nicht verändert, aber Sie nehmen uns doch durch Ihr Verhalten jede Harmonie. Das war so nicht geplant. Vor ein paar Monaten dachten wir alle, wir seien in ein Paradies gekommen, da waren wir uns doch einig. Das kann doch nicht plötzlich alles vorbei sein! Nehmen Sie sich doch zusammen und verhalten Sie sich so nett und freundlich, wie zu Anfang!"
Trotzig antwortete Frau Hartmann, von der alle meinten, sie sei die weniger Aufsässige: „Wenn Ihnen etwas nicht passt, dann ziehen Sie doch aus!"
Kurz und knapp – war das eine Unverschämtheit!
Den Anderen war der Appetit gründlich vergangen und sie waren in dem Moment wortlos. Da musste was geschehen, doch wie konnte man die Sache wieder zurechtrücken? Herr Bartels schlug vor, sich an einen Schiedsmann zu wenden. Herr Bauermann setzte sich gleich an seinen Computer, um zu sehen, ob das der richtige Weg sein könnte. „Schlichten statt richten" hieß es und

„Meditation als andere Konfliktlösung". Hier sollte unter Mitwirkung des zuständigen Schiedsmanns eine gemeinsame Lösung erarbeitet werden. Herr Bartels gewann den Eindruck, dass durch Mitwirken eines Schiedsmanns Rechtsstreitigkeiten zwischen den Parteien geschlichtet werden könnten, ohne sie vor Gericht zu bringen.

Hier ging es nicht um Rechtsstreitigkeiten, hier ging um Umgangsformen und zwischenmenschliche Beziehungen. Man könnte doch so ganz inoffiziell die gute Frau Koch als Mediatorin einsetzen, so ganz privat. Ihr wäre es bestimmt möglich, die Damen Schmedes und Hartmann zur Vernunft zu bringen. Wenn es einer Person gelänge, dann ihr. Herr Bartels wollte erst die anderen befragen und dann Gisela um Hilfe bitten. Er zögerte besser mit seinem Anliegen, die Option hielt er sich allerdings noch offen.

Derweil ging alles seinen unebenen Weg weiter. Eines Abends kamen die beiden Quertreiberinnen ziemlich spät nach Hause. Zufällig hielt Martin ein Schwätzchen mit Herrn Bartels und sie beobachteten, wie die

Damen ziemlich derangiert aus dem Wagen stiegen. Ihre Haare waren zerzaust und auch sonst sahen sie richtig kaputt und alle aus. Frau Schmedes rieb sich den scheinbar schmerzenden unteren Rücken und Frau Hartmann hielt sich die rechte Schulter. Die zog sich die Gummistiefel aus und verstaute sie im Kofferraum. Im Carport stand nun der völlig verschmutzte Wagen von Frau Schmedes. Mit hängenden Köpfen verschwanden die beiden Frauen hinter der Haustür.
„Was war das denn?", fragte Herr Bartels.
„Haben die Gold geschürft? Körperliche Arbeit sind die wohl nicht gewohnt, aber heute haben sie unverkennbar welche verrichtet. Diese Wei...! Diese Frauen sind mir ein Rätsel!"
Als Martin ins Haus trat, erzählte er gleich von seinem Erlebnis. Sein Bericht ließ Gisela aufmerksam werden und sie versuchte, alle Einzelheiten aus ihrem Schatz herauszuquetschen. Fast bereute der schon, seine Beobachtungen weitergegeben zu haben, denn in Giselas Kopf fing es merklich an zu rattern.

Zunächst reagierte Anton belustigt, doch dann fiel ihm eine mögliche Erklärung ein.
„Wohnt der Bruder von Frau Schmedes nicht in der Syker Gegend? Vielleicht haben sie ihm bei der Ernte oder im Garten geholfen?"
„Stimmt schon, der bewirtschaftet den elterlichen Betrieb. Aber so weit ich weiß, haben die Geschwister kein gutes Verhältnis miteinander. Ob die sich freiwillig so verausgaben würden?"
Während Gisela, Martin und Anton noch rätselten, klingelte es an ihrer Haustür. Frau Schmedes bat um Einlass und äußerte den Wunsch, mit Anton zu sprechen.
„Bitte, können Sie mir helfen, Herr Winkler? Sie sind doch Physiotherapeut, oder Sie waren es wenigstens. Ich glaube, ich habe einen Hexenschuss oder so was. Bitte helfen Sie mir!"
Anton bat Martin, die zusammenklappbare Liege aus dem Keller zu holen und er nahm sich vor, die leidende Dame bei der Behandlung ein wenig auszuhorchen. Fair oder unfair, diese Frage stellte er sich nicht. Doch wie und wo sollte er anfangen?

„Da haben Sie sich aber ganz schön übernommen. Wie ist das passiert?", fragte er die stöhnende Frau Schmedes.

„Ich wollte fürs Sportabzeichen trainieren und habe Weitsprung geübt", antwortete sie und Anton war klar, dass das eine glatte Lüge war. Frau Schmedes trug Größe 46 und war absolut kein sportlicher Typ. Wieso wollte sie sich plötzlich martern und quälen? Die spann doch wirklich und wollte Anton für dumm verkaufen. Natürlich hatte der sofort erkannt, dass sie wirklich starke Schmerzen haben musste. Deshalb legte er nur behutsam Hand an, riet ihr aber, besser zum Arzt zu gehen, der ihr vermutlich ein schmerzstillendes Mittel spritzen würde.

Gisela und Martin lauerten vor Antons Tür und hatten das Gespräch mitbekommen. Es war Zeit, sich unsichtbar zu machen, denn Frau Schmedes war im Begriff, Antons Wohnung zu verlassen.

„Gut, dann fahre ich ins Krankenhaus und lasse mir eine Spritze geben. Morgen muss ich wieder fit sein!" Sie bedankte sich und humpelte davon.

„Ich lach mich kaputt, die Schmedes beim Weitsprung! Etwas Besseres ist ihr wohl nicht eingefallen!" Das war Martins Reaktion und seiner Meinung schlossen sich Gisela und Anton an. Im Grunde hätte Anton noch viel mehr Fragen stellen wollen, aber irgendwie passte das nicht, nachdem sie ihn mit der vermeintlichen Ursache ihrer Schmerzen verblüfft hatte.

Kurz darauf hörten sie, wie ein Auto den Hof verließ. Vermutlich brachte Frau Hartmann ihre Freundin/Feindin zum Arzt.

Am nächsten Morgen verschwanden die beiden gleich nach dem Frühstück und fuhren mit dem Wagen von Frau Schmedes wieder weg.

Die Mieter aus beiden Häusern und auch Herr und Frau Lindemann trafen sich daraufhin auf dem Hof. Dem einen hatte es die Sprache verschlagen, den anderen fast vom Hocker gehauen – sie alle waren total überrascht über den Aufbruch der beiden Damen in ihrem angeschlagenen Zustand, der auch am Morgen noch deutlich sichtbar war.

„Wir sind ja auch dumm, wir hätten ihnen folgen sollen. Wenn sie morgen wieder in solcher Verfassung losfahren, muss einer von uns hinterher fahren", schlug Herr Lindemann vor. Sie alle ahnten, dass da etwas im Argen lag.

Aber was nur?

Natürlich hatte Gisela sich viel Gedanken über die beiden Frauen gemacht, denn sie konnte sich deren Verhalten nicht erklären. Schade, dass man den Grauen gar nicht mehr zu Gesicht bekam. Sollte sie mit Martin und Anton nach Osnabrück fahren, um nach ihm zu suchen? Gisela hatte im Internet schon nach seiner Telefonnummer gesucht, aber nur einen B. Hübner gefunden, leider ohne Adressangabe. Zwei Anrufversuche blieben erfolglos, weil sich keiner meldete, aber davon hatte sie lieber keinem etwas erzählt.

Doch Giselas Bauch schlug schon wieder Alarm, denn ihr Gefühl sagte, dass die ganze Angelegenheit zum Himmel stank. Und ihr Bauchgefühl, das wusste auch Martin, hatte sie selten enttäuscht.

Für das Mittagessen hatten die Damen sich beim Frühstück rechtzeitig abgemeldet und alle anderen warteten gespannt auf deren Rückkehr. Gegen 14 Uhr erschienen sie und machten den Eindruck, als könnten sie nur noch auf allen Vieren kriechen. Trotzdem luden sie noch einige Dinge von einem Kofferraum in den anderen und verschwanden im Haus. Ihnen war es auch wohl egal, dass sie viel Schmutz mit den Schuhen ins Haus trugen. Sie verkrümelten sich jeweils in ihr eigenes Reich und tauchten dann aber doch noch zum gemeinsamen Abendessen auf. Damit hatte keiner der anderen Mieter gerechnet und mit dem Erscheinen der beiden Außenseiter entstand sofort ein betretenes Schweigen. Die körperlichen Strapazen waren den beiden Frauen deutlich anzusehen. Eine rieb sich immer noch den Lendenwirbelbereich und die andere die rechte Schulter. Frau Hartmann hatte jeweils ein großes Pflaster auf den Handinnenflächen. Irgendwie schien es aber, als sei eine Last von ihnen abgefallen, denn sie wirkten gelöster und beteiligten sich an den eher belanglosen Gesprächen. Und das sogar im freundlichen

Ton! Somit gaben sie ihren Mitbewohnern Rätsel über Rätsel auf.

Nachdem die Küche aufgeräumt war, verzogen sich alle in die eigenen Räume - ganz gegen die Gewohnheit, denn sonst blieben die Mieter meistens im großen gemütlichen gemeinschaftlichen Wohnraum. Herr Meyerholz trommelte heimlich das Trüppchen zusammen und lud Herrn Bauermann und das Ehepaar Bartels zu sich ein. Bei einem guten Wein diskutierten sie noch ein paar Stündchen über die ungewöhnliche Situation in der WG. Natürlich fanden sie an diesem Abend keine Lösung, doch sie waren sich einig, dass ein Zusammenleben mit den beiden Frauen in der Wohngemeinschaft auf Dauer nicht erträglich sei. Es gab zwar eine normale Hausordnung, gegen die die beiden zu keiner Zeit verstoßen hatten. Noch vor dem Einzug hatte Gisela immer wieder darauf hingewiesen, dass es ratsam sei, ein paar Klauseln für die Wohngemeinschaft zusammenzustellen und sie von allen im Haus Nr. a akzeptieren zu lassen. Leider hatten die neuen Mieter diesen Vorschlag

leichtsinnigerweise nicht angenommen. Immerhin hatten auch die beiden Damen ihr früheres Zuhause aufgegeben, um in Osterbinde in der Senioren-WG zu leben. Man konnte sie doch nicht vertreiben oder sie vor die Tür setzen. Herr Bartels schlug vor, dass Gisela ein Konzept entwerfen sollte, aus dem die Richtlinien mit allen Rechten und Pflichten festgehalten werden sollten. Frau Koch, die würde das schon richtig machen! Den Entwurf wollten sie dann mit den Damen besprechen, wobei natürlich weitere Anregungen und Vorschläge angenommen werden konnten. Sie berieten schon, wie sie ihr Schriftstück betiteln könnten.
Da fielen ein paar gute Vorschläge:
„Gemeinschaftlich wohnen" oder „Gemeinsam füreinander da sein" oder auch „Geborgenheit mit Herz".
Gleich morgen früh wollten sie Gisela um deren Mithilfe bitten.
Doch der nächste Morgen verlief anders. Herr Lindemann war schon auf dem Sprung, um die Damen zu verfolgen, sollten sie erneut das Haus verlassen. Genau das taten

sie und schlugen im Wagen von Frau Schmedes den Weg in Richtung Neubruchhausen ein. In ausreichendem Abstand fuhr Herr Lindemann hinterher. Als sie dann links in Richtung Röllinghausen abbogen, beendete er seine kurze Verfolgungsfahrt. Die schmale Straße war wenig befahren und so würden sie bald bemerken, dass ihnen jemand auf den Fersen war, zumal sie den Mercedes von Lindemanns nur zu gut kannten. Dumm gelaufen!

Durch Gisela wurden die Syker, speziell Kalle, auf dem Laufenden gehalten, der durchaus zugab, dass das Verhalten der Damen nicht normal war. Kalle steckte bis zum Hals in seiner Arbeit, vielleicht hätte er sich etwas mehr engagiert, hätte es seine Zeit zugelassen. Er bat immer wieder, dass Gisela ihn auf den neusten Stand bringen sollte.
Am späten Nachmittag kamen die beiden zurück, blieben zum Abendessen, um spät abends erneut aufzubrechen.
Natürlich waren sie niemandem Rechenschaft schuldig, sie konnten tun und lassen, was sie wollten. Über einen Aufbruch zu so

später Zeit hätten alle anderen sicher eine Erklärung parat gehabt. Die Rückkehr der beiden wurde von den anderen Mietern nicht bemerkt, nicht einmal von Frau Bartels, die einen leichten Schlaf hatte.
Am nächsten Tag machten sich die beiden Frauen ziemlich rar. Einen übermüdeten Eindruck machten beide und verhielten sich eher unauffällig.

Gisela, Martin und Anton hatten einen kleinen Trip nach Hoya geplant. Immer noch machte es ihnen Freude, die nähere Umgebung zu erkunden. Anton verfolgte interessiert die Erklärungen seiner Mitbewohner. So suchte Martin zuerst den Geographischen Mittelpunkt Niedersachsens in Hoyahagen auf. In dem Städtchen Hoya fielen ihnen die zahlreichen leerstehenden Geschäftsräume auf. In Hoya ging es also auch nicht besser als vielen anderen Innen- oder Kleinstädten. Gestärkt durch Kaffee und Kuchen spazierten sie an der Weserpromenade entlang und verweilten eine Zeit lang auf einer Bank sitzend am Weserufer. Ein Motorboot ließ das Wasser aufpeitschen

und ein schwerer Lastkahn schwamm in fast greifbarer Nähe an ihnen vorbei. Gisela genoss den weiten Ausblick und atmete tief die, wie sie sagte, „Seeluft" ein.
„Oh, sieh mal, ein Segelflugzeug", schwärmte Gisela, worauf Martin verblüfft feststellte:
„Blödsinn, das ist doch eine Möwe!"
Kurz und gut – sie behielten beide recht. Beide zogen unter dem strahlend blauen Himmel ihre Runden. Über solche Situationen konnte sich Anton immer königlich amüsieren.
Friedlich schien die Stimmung und am liebsten wären sie noch länger geblieben, doch auf der anderen Seite der Weser lockte sie das Grafenschloss. Über die große Weserbrücke erreichten sie den alten Teil Hoyas. Am Eingang zum Schloss konnten sie lesen, dass das gegenwärtige Aussehen der Gemäuer aus dem 18. und 19. Jahrhundert stammte, einem Zeitpunkt, zu dem die Grafenfamilie längst ausgestorben war. Einen Spaziergang durch den Schlossgarten ließen sie folgen. Hoya auf der anderen Seite der Weser bot ihnen ein ganz

anderes Bild. Hier gab es wunderschön restaurierte Fachwerkhäuser, aber auch einige, die einen recht maroden Eindruck machten. Beeindruckt waren sie von der Martinskirche, die vor fast 50 Jahren von der Landeskirche aufgegeben und jetzt als Kulturzentrum genutzt wurde. Abwechslung und Ablenkung hatte ihnen dieser schöne Tag in Hoya beschert.

Wie üblich holte Martin am nächsten Morgen gleich nach dem Frühstück die Zeitung, aus der er immer Anton vorlas. Gerade als er sie aufschlagen wollte, klingelte es Sturm an der Haustür. Aufgeregt standen Herr und Frau Lindemann in der Tür: „Habt ihr schon gelesen? Hier, hier steht es!" Die Stimme von Gerd Lindemann überschlug sich fast und las vor:
„In der Nacht von Dienstag auf Mittwoch kam es neben der Bahnstrecke Bassum-Syke zu einem Autobrand. Ein Lokführer hatte das Feuer bemerkt und die Feuerwehr alarmiert. Beim Eintreffen der Löschfahrzeuge war das Auto, ein Audi TT ohne Kennzeichen, bereits total ausgebrannt. Es befanden sich

keine Personen im Fahrzeug. Die Polizei geht von Brandstiftung aus."
Wow, das war starker Tobak am frühen Morgen. Und während sie berieten, ob sie die Polizei informieren oder die beiden Frauen ansprechen sollten, kam es nun endlich zu der schon lange fälligen Verbrüderung. Karin und Gerd Lindemann nahmen gerne das ihnen angebotene „Du" an. Noch lange rätselten sie über die weitere Vorgehensweise und beschlossen zusammen, sich erst Rat von Kalle zu holen.
So war es leider schon häufig: Wenn man ihn brauchte, hatte er gerade eine mehrtägige Verpflichtung. Das mussten die Osterbinder akzeptieren, ob sie es wollten oder nicht. Kalles Auftraggeber hatten Vorrang.
Alle „Insider" achteten genauestens auf das Verhalten der Damen Schmedes und Hartmann, wobei die erste vor Selbstbewusstsein nur so strotzte. Frau Hartmann schien das schlechte Gewissen im Gesicht zu stehen, so deutete Gisela es jedenfalls. Beim Frühstück hatten sie sich brav abgemeldet, weil sie eine größere Tour geplant hatten. Über ihr Ziel verloren sie natürlich kein

Wort und keiner wagte, danach zu fragen. Sobald sie den Hof verlassen hatten, traten alle vor die Tür und tauschten ihre Gedanken, Ahnungen und Gefühle aus. Wieder einmal waren alle Augen auf Gisela gerichtet, von der man einen Geistesblitz erwartete. Die schlug vor, einige Regeln für das Zusammenleben in der WG aufzustellen. Danach wäre es sinnvoll, ein Gespräch mit den beiden Damen zu führen. Vielleicht könnte sich dabei eine Gelegenheit ergeben, ihnen etwas zu entlocken, das Licht ins Dunkel bringen könnte. Möglicherweise wurden sie vergeblich verdächtigt, ein Verbrechen begangen zu haben.

Alle fühlten und dachten ähnlich, aber zunächst sprach es keiner aus. Gerd Lindemann war der Erste, der von seinen Vermutungen sprach:

„Ich kann nicht umhin, aber ich glaube, dass Berniebärchen nicht mehr unter uns weilt. Wenn wir 1 und 1 zusammenrechnen, müssen wir doch annehmen, dass er zum Mordopfer wurde. Würde die Polizei uns überhaupt glauben, wenn wir von unseren

Beobachtungen erzählen. Ein Mord ohne Leiche? Oder das perfekte Verbrechen?"

„Ist es nicht gut, einen Menschen zum Verbrecher abzustempeln? Obwohl die Gedanken nicht abwegig sind", warf Frau Bartels ein.

Jeder von ihnen vertrat seine Meinung und in den Augen aller sah es nicht gut für die beiden Damen aus.

Gisela saß an ihrem Computer und zermarterte sich das Gehirn, wie sie die Regeln für das Zusammenleben der Nachbarn formulieren sollte. Obwohl ihr nichts Rechtes einfallen wollte, musste sie grinsen, denn ihr kam immer wieder der Rütli-Schwur aus Schillers Wilhelm Tell in den Sinn „Wir wollen sein ein einig Volk von Brüdern, in keiner Not uns trennen und Gefahr" und so weiter. Begriffe wie Anstand, Feingefühl, Taktgefühl, Empathie, Distanz, Zusammengehörigkeit, Diskretion, Höflichkeit, Harmonie, Entgegenkommen, Verbindlichkeit hatte sie schon einmal festgehalten. In ihrer eigenen kleinen WG mit Martin und Anton hatte es nie Probleme gegeben, weil sich alle mit großer Selbstverständlichkeit an diese Voraussetzungen hielten.

Es schien ihr absurd, Regeln zu erstellen. Bei diesen Begriffen sollte es doch nicht bei leeren Phrasen bleiben – sie mussten gelebt werden.

Noch vor dem Einzug der Mieter wurde besprochen, dass sie füreinander da sein wollten. Bei längerer Krankheit oder Hilflosigkeit, die ja noch für alle Beteiligten gefühlsmäßig in weiter Ferne lagen, sollte ein Pflegedienst beauftragt werden. Damals waren alle begeistert vom bevorstehenden Zusammenleben unter einem Dach – auch Frau Schmedes und Frau Hartmann.

Schließlich hatte Gisela einiges zu Papier gebracht, war aber nicht wirklich glücklich über ihr „Produkt". Sie las es Martin und Anton vor, die meinten, dass sie sozusagen damit den Nagel auf dem Kopf getroffen habe. Auch die Lindemanns hatten nichts daran auszusetzen und sie waren dankbar für Giselas Unterstützung. Morgen früh sollte auch den Nachbarn, außer den beiden Damen, der Entwurf vorgelegt werden. Die Sache verlief völlig unkompliziert, weil die

Damen noch gar nicht wieder zurückgekommen waren. Der Wagen von Frau Schmedes stand nicht, wie gewohnt, im Carport.

Allen Beteiligten war klar, dass Gisela Überbringerin des Textes sein sollte, obwohl es ja Sache des Vermieters gewesen wäre. Gisela war keineswegs begeistert, stimmte dann aber doch zu. Jetzt brauchte sie nur auf die Rückkehr der beiden Damen zu warten.

Weil nichts anderes für diesen Tag geplant war, machte Gisela „ihren" Männern einen Vorschlag. Sie könnten doch die Zeit nutzen und nach Osnabrück fahren, um dort mal das Umfeld von Berniebärchen zu begutachten. Die Adresse konnte sie Kalle vor ein paar Tagen entlocken. Bernhard Hübner kannte weder Martin noch Anton, und Gisela hatte er sicher nie bewusst zur Kenntnis genommen. So könnte einer von ihnen doch ruhig mal an seiner Haustür klingeln. Vielleicht öffnete er unbeschadet die Tür und alle könnten somit die Gedanken an Bernie als Mordopfer aufgeben. Sicher war der ein Schlitzohr, aber Gisela wünschte sich sehr, ihn lebend anzutreffen.

Es kostete Gisela nur wenige Worte, um Martin und Anton zu diesem Trip zu überreden. Also wurde fix geplant: frühes Mittagessen, kurzer Mittagschlaf und dann Start in Richtung Osnabrück.
Bernhard Hübner wohnte in einem Siedlungsgebiet, in dem es Ein- und Zweifamilienhäuser gab. Er wohnte in einem Zweifamilienhaus in der oberen Wohnung. Das Los war auf Martin gefallen – er sollte an Bernies Haustür klingeln. Die ganze Fahrt über hatten sie nach einem Grund gesucht, weshalb ihn ein Fremder sprechen wollte. Viele Ideen hatten sie aufs Tapet gebracht und sich dann für folgende entschieden: Martin wollte angeben, dass sein Hund ausgebüchst sei und er annehmen müsse, dass der in den Garten gelaufen sei.
Martin überlegte und kam zu dem Ergebnis, dass es besser sei, gleich an beiden Türen zu läuten. Bevor er auf die Klingelknöpfe drückte, rief er schon mal laut und vernehmlich: „Jasper! Jasper, komm zu Herrchen!" Welch ein Wunder, wäre jetzt auch noch ein Hund erschienen. Oben rührte

sich zunächst nichts, aber eine ältere Dame hatte auf den Türöffner gedrückt.

„Entschuldigen Sie bitte, darf ich mal Ihren Garten betreten? Mein Hund ist weggerast und ich glaube, dass er in diesem Garten verschwunden ist."

Die nette Frau holte erst einen Schlüssel und trat dann mit Martin nach draußen, um ihm das Gartentor zu öffnen. Zu blöd, denn keinen Hund kann man nicht suchen. Wie sollte er jetzt den Bogen zu Bernie bekommen? Etwas hilflos blickte er auf Gisela, doch die konnte jetzt kaum einspringen.

„Ach", lachte die Frau, „das passt ja -DH wie dummer Hund! Ihr dummer kleiner Hund ist weggelaufen und dazu das Kennzeichen. DH steht doch für Diepholz, oder? Meine Schwester wohnte in Twistringen und ihr Wagen hatte auch ein DH-Kennzeichen. Gerade gestern war schon ein Wagen mit „DH" hier. Zwei Damen waren in der Oberwohnung und haben so einiges ausgeräumt."

Jetzt war Martin aber hellhörig geworden. Vorsichtshalber rief er noch ein paar Mal

„Jasper, Jasper" in Richtung Dahlien und Stangenbohnen. Wäre doch bloß Gisela hier, die hätte schon tausend Fragen gestellt. Martin hakte nach:

„Wieso, zieht da jemand aus?"

„Ich weiß es nicht. Da wohnt ein Herr Hübner, ein netter Mensch. Ich habe ihn aber seit Wochen nicht gesehen. Es kam vor, dass die Wohnung längere Zeit verwaist war, aber so lange? Ich wollte die beiden Frauen ansprechen. Drei mal haben sie etwas die Treppe runtergetragen und ins Auto verfrachtet. Als ich sie ansprechen wollte, habe ich sie leider nicht mehr erwischt."

„Wie sind die denn ins Haus gekommen? Wenn die einen Schlüssel hatten, sind es bestimmt Verwandte gewesen."

„Das glaube ich nicht, der Hübner hat immer gesagt, dass es keine Verwandten gäbe. So bliebe ihm auch viel Ärger erspart. Der kann so richtig charmant sein, der gute Herr Hübner."

Da war Martin doch richtig fündig geworden und steuerte mit stolzgeschwellter Brust den Rückweg zum Wagen an. Er drehte sich noch einmal um und bedankte sich bei der gesprächigen Dame, rief noch ein paar Mal nach dem nicht existierenden Hund und stieg aufgeregt ins Auto, wo erwartungsvolle Augen auf ihn gerichtet waren.

„Erzähl, erzähl", drängte Gisela.

Martin gab das Gespräch fast wortgetreu wieder. Die Drei meinten, wieder ein Indiz für das mysteriöse Verschwinden von Bernhard Hübner und dessen Wagen gefunden zu haben.

„Sollte unsere Theorie stimmen, dann hat das Duo Hartmann/Schmedes Berniebärchen umgebracht, seine Leiche entsorgt, den Audi abgefackelt und zu guter Letzt noch seine Wohnung ausgeraubt. Mann oh Mann, das ist aber heftig! Es sieht tatsächlich so aus, aber wir haben nichts, aber auch gar nichts in der Hand. Ich schlage vor, wir warten, bis Kalle zurück ist und sich mit unserem Fall beschäftigen kann. Müssen wir doch schon zur Polizei gehen?"

„Noch nicht. Aber wir dürfen nicht vergessen, dass die Beiden offensichtlich skrupellos sind. Vor allem sind doch ihre Mitbewohner und sogar auch wir in Gefahr. Wir könnten deren nächste Opfer sein."

„Ja, ja, wer einen Mord begangen hat, schreckt selten vorm nächsten zurück. Was um alles in der Welt sollen wir tun? Die anderen warnen?"
Alle Drei beteiligten sich angeregt und aufgekratzt an der Diskussion.
Martin steuerte wieder die Heimat an - während der Fahrt gab es natürlich nur ein Thema.
„Warum nur immer wieder ich?", fragte sich Gisela. Vor zwei Jahren war ihr guter Freund Otto umgebracht worden. Eben weil der ihr nahe stand, hatte sie sich mächtig ins Zeug gelegt und sie wusste genau, dass dieser Fall ohne ihr Zutun nie geklärt worden wäre.
Und im letzten Jahr? Zwar war sie dem Mordopfer Andrzej nie begegnet, aber auch in diesem Fall hatte sie so lange recherchiert, bis sie das Verbrechen aufgeklärt hatte. Dabei hatte sie sich selbst nicht nur einmal in Gefahr gebracht.
Jetzt steckte sie wieder mittendrin, es galt erneut, ein rätselhaftes Verbrechen aufzudecken. Doch wo sollte sie anfangen? Auf der einen Seite kribbelte es ordentlich, nicht nur in ihren Fingern. Ihr Bauchgefühl bat

hartnäckig um Mitspracherecht, aber eins war ungewöhnlich: Gisela spürte eine ungewohnte Angst im Nacken.
Abends informierten die Drei das Ehepaar Lindemann und auch die Mitbewohner aus dem Nachbarhaus über die gewonnenen Erkenntnisse. Das alles musste heimlich passieren, denn Frau Schmedes und Frau Hartmann waren inzwischen wieder zurück gekommen.
Alle Mieter reagierten geschockt und Herr Bauermann berichtete, dass beide Damen einige Tragetaschen und sogar einen Koffer jeweils in ihre Wohnungen getragen hatten.
Auwei, das stank wirklich zum Himmel. Gisela schlug vor, darüber abzustimmen, wann die Polizei eingeschaltet werden sollte. Sie alle waren sich einig, zuerst Kalles Rat anzuhören. Gisela rief schnell bei Gaby an, um zu erfahren, wann der gute Kalle wieder zu erreichen war. Zum weiteren Plaudern mit ihrer geliebten Nichte war jetzt keine Zeit, das wollte sie am nächsten Tag nachholen. Kalle sollte erst spät abends zurück sein. Gisela bat darum, dass er sich dringend melden solle.

Das kleine Treffen der Mieter fand bei den Lindemanns statt. Die beiden Damen wurden ausgeschlossen – aus gegebenem Grund, aber das hatten sie ja selbst zu verantworten. Wie vertrauensvoll gingen alle anderen doch miteinander um! So wurde es trotz aller Bedenken und Befürchtungen noch ein ziemlich gemütlicher Abend, denn sie versuchten, das Beste daraus zu machen. Ein gutes Tröpfchen Rotwein ließ die Probleme kleiner erscheinen. Nachdem Gerd Lindemann auch die dritte Flasche geleert hatte, waren die Zungen lockerer geworden und sie malten sich gemeinsam das bunte Leben von Berniebärchen in allen Farben aus. Renate Hartmann und Waltraud Schmedes bekamen ihren Teil natürlich ab, aber die spielten nur eine Nebenrolle in dieser Komödie. Jede von ihnen war eben nur eine von vielen. Auch eine von vielen Opfern des Bernhard Hübner.

Gisela war nicht ganz bei der Sache, denn ihre Gedanken waren woanders. Morgen, gleich nach dem Frühstück wollte sie den Damen einen Besuch abstatten und ihnen die

Richtlinien für das Zusammenleben in der WG aushändigen.
Dabei wollte sie ihnen mal ordentlich auf den Zahn fühlen und sie ins Gebet nehmen.
Wenn es ging, wollte sie das Vorhaben nirgendwo großartig ankündigen, denn sonst würde Martin sie mit seiner übertriebenen Angst um sein Hummelchen um jeden Preis zurückhalten.
Martin sah Gisela hinterher, als sie am frühen Vormittag mit einem Papier in der Hand das Nachbarhaus ansteuerte. Da Gisela sich nicht weiter geäußert hatte, war es Martin klar, dass sie sich das Rezept für Frau Bartels vielgelobten Apfelkuchen holen wollte, denn darüber hatten sie am Vortag ausgiebig gesprochen.
„Man könnte sie glatt für zehn Jahre jünger halten", verriet Martin voller Stolz seinem Freund Anton, als er Gisela nach schaute.
„Schade, dass du sie nicht sehen kannst. Ob nur von vorn oder von hinten, sie sieht jung und so richtig lebensfroh aus.
Was habe ich nur für ein Glück gehabt!"
Anton hatte Martin schon so manches Mal um dessen Hummelchen beneidet und auch

er konnte nur bestätigen, dass Gisela eine Frau war, die in diese Welt passte. Eine Frau voller Witz und Charme, dazu blitzgescheit und humorvoll. Es hätten Gisela wohl die Ohren klingen müssen, bei so viel Lobhuldelei.

Die hatte an diesem Morgen allerdings nichts mit dem Thema Apfelkuchen im Sinn, sie klingelte an der Eingangstür von Frau Schmedes. Gisela empfand es zunächst als vorteilhaft, weil gerade auch Frau Hartmann anwesend war, denn so brauchte sie ihren Vers nicht zweimal aufzusagen. Sehr behutsam eröffnete Gisela das Gespräch und legte das Papier mit den „Richtinien" für ein friedliches Zusammenleben in der Wohngemeinschaft auf den Tisch. Sie erklärte, dass sie auf Wunsch der Mitmieter diesen Text formuliert hatte.

„Ach, es steht ja nichts Besonderes darin, eigentlich nur Selbstverständlichkeiten! Es gehört doch einfach zum guten Ton, sich so zu verhalten, wie es hier zusammengefasst ist". Gisela versuchte, sachlich zu bleiben.

Sie hatte Frau Schmedes wohl gerade auf dem falschen Fuß erwischt, denn die reagierte wie eine Furie.

„Wir sind erwachsene Menschen und lassen uns nichts vorschreiben – und von dir schon gar nicht!"

Mit drohendem Zeigefinger stand sie vor Gisela, die total verblüfft da stand und sich über das plötzliche Duzen wunderte. Das Verhalten von Frau Hartmann konnte Gisela in diesem Moment nicht einschätzen, denn deren Blick wanderte unsicher von Gisela zu Waltraud Schmedes.

„Was mischst du dich hier überhaupt ein? Aber du bist ja immer so schlau, meinst alles zu wissen! Nichts weißt du, gar nichts! Oder weiß sie etwas?"

Die letzte Frage galt wohl ihrer Busenfreundin Renate Hartmann.

„Sie kann nichts wissen!" Frau Hartmanns Stimme klang sehr aufgeregt und irgendwie trotzig.

Gisela spielte die Ahnungslose und behielt zunächst die Ruhe: „Um was geht es hier überhaupt? Was soll ich wissen?"

„Scheinbar hast du schon wieder rumgeschnüffelt und tust jetzt nur so harmlos. Sag ruhig, was du weißt!"
Gisela sah ihre Chance gekommen und ging plötzlich zum Angriff über. Geplant war diese Aktion an diesem Morgen jedenfalls nicht. Bevor sie sprach, gönnte sie sich zwei tiefe Atemzüge und fragte dann:
„Na, haben Sie sich denn schon über die Sachen aus der Wohnung von Herrn Hübner geeinigt? Er wird sie ja ohnehin nicht mehr gebrauchen, da wo er jetzt ist!"
Da war sogar Frau Schmedes baff - erst nach ein paar Sekunden hatte sie ihre Worte wieder gefunden.
„Du!? Du kannst nichts wissen! Aber wenn du willst, sollst du erfahren, was passiert ist. Alles, in allen Einzelheiten! Willst du? Setz dich hin, bitte."
Frau Schmedes zog den Stuhl vor und forderte Gisela nochmals zum Platznehmen auf, die allerdings noch zögerte, sich dann aber doch setzte.
„Kleinen Moment mal, ich komme gleich wieder", hörte Gisela die Worte von Frau Schmedes.

Was für eine Situation? Am besten sollte sie sofort aufstehen und zurück in ihr eigenes Reich flüchten. Doch andererseits? Würden die Beiden tatsächlich erzählen, was mit Bernhard Hübner passiert war? Es war doch undenkbar, dass die Beiden eine Beichte ablegen würden und sie dann unbeschadet gehen ließen. Gerade in diesem Moment, als Gisela sich der Gefahr bewusst wurde, in der sie sich befand, kehrte Frau Schmedes zurück. Ziemlich unbehaglich fühlte Gisela sich, denn Frau Schmedes stand unmittelbar hinter ihr.

In einem Befehlston fuhr sie Frau Hartmann an: „Los, halt sie fest!"

Als Gisela aufspringen wollte, spürte sie eine feste Umklammerung durch Frau Hartmann und sie erkannte einen Streifen Klebeband in der Hand von Frau Schmedes, die ihr diesen über den Mund klebte.

Na, das hast du ja fein hingekriegt, dachte Gisela und sie wusste nicht, wie sie aus der Nummer wieder heraus kommen sollte. Sie versuchte zu fluchen, aber sie konnte keine Worte formulieren. Noch niemals hatte sie darüber nachgedacht, dass man Flüche auch denken kann. Und genau das tat sie ausgiebig, zumal sie spürte, wie die beiden Frauen ihr jetzt die Hand- und Fußgelenke zusammen klebten. Eine Lage und noch eine Lage und die dritte obendrauf, erst um die Hand- dann um die Fußgelenke.

Dabei hätte sie mal für kleine Mädchen müssen, aber den Drang musste sie sich vorerst verkneifen. Hoffentlich nicht lange!

Was hatte Gisela da bloß wieder verzapft. Martin vermutete sie bei Frau Bartels und kein Mensch wusste, dass sie sich in den Fängen von der Schmedes in deren Wohnung befand und dass sie in großer Gefahr war! O Gott, was würde Martin für ein Theater machen, wenn er sie in dieser Lage finden würde. Ganz kleinlaut würde sie zugeben, dass sie mal wieder übers Ziel hinausgeschossen war.

Ach Martin, wo bleibst du! Lieber Gott, hilf mir doch und bring alle mit: Anton, Gaby, Kalle, Michael, Nadine, Karin und Gerd. Ging ja nicht, einer musste doch auf den kleinen Mateo aufpassen!

Seltsame Gedanken schossen durch Giselas Kopf. Wenn es ihr jetzt möglich gewesen

wäre, hätte sie bei einem kuriosen Gedanken vermutlich sogar gegrinst: So häufig hatte sie schon den Kampf mit ein paar kleinen Härchen am Kinn und auf der Oberlippe aufnehmen müssen. Würden die beim Abziehen des Klebebandes verschwinden? Müsste doch fast wie Kaltwachsen sein.
„So Frau Neunmalklug, nun hör zu", eröffnete Frau Schmedes das Gespräch.
„Wir erzählen dir jetzt alles, jede Kleinigkeit, aber du wirst keine Chance haben, irgendjemandem davon zu erzählen. Das Geheimnis kannst du mit ins Grab nehmen."
Dann wurde sie fast sachlich:
„Bernhard Hübner hatte vor Monaten mein Herz im Sturm erobert. Er war meine große Liebe. Die Situation hier auf dem Parkplatz habt ihr ja scheinbar alle gesehen, als er mit dem Rosenstrauß aufkreuzte. Vor mir hatte er Renate den Kopf verdreht. Wer konnte schon ahnen, dass ausgerechnet wir unter einem Dach wohnen würden. Keiner von uns beiden wusste von Hübners Machenschaften und von seinen Liebschaften! Klar, dass wir beide uns die Augen auskratzen wollten, wir

waren ernsthafte Konkurrentinnen. Welch ein Zufall!"

Jetzt mischte auch Frau Hartmann mit, ihre Worte klangen eher wie eine Beichte.

„Natürlich konnte Waltraud nicht wissen, dass er mich schon ausgenommen hatte wie eine Weihnachtsgans. Mich dumme Gans! Als ich ihn mit dem Rosenstrauß sah, war ich sofort bereit, ihm alles zu verzeihen. Er war ja auch ein so reizender Mensch."

„Ja, und was für ein Liebhaber! Einfach göttlich!", unterbrach Frau Schmedes.

„Neulich habe ich bei einem Date einfach sein Smartphone eingesteckt und zuhause in aller Ruhe seine Kontakte gecheckt. Davon gab es reichlich: abgespeichert unter Röschen, Babsi und Tildchen."

„Nicht zu vergessen Rina und Lörchen!"

„Zuerst habe ich ihm unbemerkt das Smartphone wieder zugesteckt und dann habe ich versucht, Kontakt zu den Frauen aufzunehmen. Bei Röschen meldete sich die Tochter, die erzählte, dass ihre Mutter wegen eines Klinikaufenthaltes nicht erreichbar sei. Tildchen war ebenfalls nicht erreichbar. Aber dann kriegten wir Lörchen, oder besser

Hannelore, an die Muschel. Die hat er genauso ausgenommen wie uns. Bei ihr ging es um 45 Tausend. Auch ihr hat er die große Liebe versprochen und wollte zusammen mit ihr ins Paradies. Na ja, im Paradies ist er jetzt ja!"
Kaum ausgesprochen, durchzuckte es die Schmedes, denn indirekt hatte sie dadurch bereits gestanden, dass Berniebärchen nicht mehr unter den Lebenden weilte.
Wie gern hätte Gisela sich ins Gespräch eingemischt, doch hatte sie dazu keine Chance. Ihre Blicke, die sie abwechselnd auf Frau Hartmann und Frau Schmedes warf, ließen Verachtung, Unverständnis und sogar Hass erkennen. Zwischendurch lag immer wieder ein flehentliches Bitten in ihren Augen, Bitten, sie von ihren Fesseln und dem verdammten Klebestreifen zu befreien.

Ach Martin, wo um alles in der Welt bist du bloß? Hilf mir, bitte, bitte hilf mir!
Keiner der Bewohner sonst aus den Häusern mit der Hausnummer 69 und 69 a ahnte, was sich hinter der verschlossenen Tür von Frau Schmedes abspielte. Martin war mit Anton

auf dem Tamdem in Richtung Bassum gestartet, um ihren Friseur aufzusuchen. Karin und Gerd Lindemann hatten einen Arztbesuch in Bremen wahrzunehmen. Das Ehepaar Bartels war auf Einkaufstour und Werner Bauermann und Hans Meyerholz hatten vor ein paar Minuten zusammen das Haus verlassen. Alle konnten Giselas stumme Schreie nicht hören.

Noch wechselte Giselas Stimmung zwischen Hoffnung, großer Verzweiflung und Todesangst.

„Was hast du mit ihr vor?", flüsterte Frau Hartmann.

„Ganz einfach, erst soll sie alles anhören, jede Einzelheit! Das Gute ist ja, dass sie keine blöden Fragen stellen kann.

Nachdem sie alles erfahren hat, hauen wir einfach ab und überlassen sie ihrem Schicksal. Die ist doch Diabetikerin, alles wird sich ganz von selbst fügen. Ohne ihre Spritzen und Medikamente überlebt sie sowieso nicht lange."

„Und wenn wir zurückkommen und sie tatsächlich kaputt ist, wo bleiben wir dann mit ihr?"

„Wir laden sie nachts ins Auto und legen sie einfach auf einer Bank ab. Am Petermoor vielleicht oder an der Freudenburg."
„Freudenburg geht nicht, da ist heute ein großes Open-Air-Konzert."
„Zum Glück ist sie ja handlicher als Bernhard. Ich hab nämlich noch keine Lust, mich wieder so abzuschleppen."

Gisela seufzte tief und schickte ein Stoßgebet zum Himmel.
In diesem Moment ließ sie noch einmal ihr Leben Revue passieren, dachte an die vielen Jahre ihres Berufslebens in der Rechtsanwaltskanzlei von Horn in Bremen zurück. Damals hatte ihr Job sie voll und ganz ausgefüllt. Sie erinnerte sich auch an die Gefühle der Zuneigung zu ihrem Chef, der sie zwar wertschätzte, der sich aber nie auf ein Verhältnis mit ihr eingelassen hatte. Es juckte an ihrer rechten Wange – wie gern hätte sie da mal eben etwas kratzen mögen. Aber nichts ging – rien ne va plus!
Ihre Gedanken tauchten erneut in vergangene Zeiten ein: Als sie plötzlich in den vorzeitigen Ruhestand geschickt wurde, weil ihr

Chef seine Kanzlei an einen Nachfolger übergeben wollte. Der Verkauf ihrer Bremer Eigentumswohnung, weil die Wohnsituation sich ungünstig veränderte hatte. Dann folgte der voreilige Entschluss, sich eine Wohnung in einer Anlage für betreutes Wohnen zu suchen. Diese fand sie in Bassum, im „Immergrün", einer Anlage, die auf den ersten Blick ideal für sie erschien. Dabei hatte sie sich vorgestellt, mit aktiven gleichaltrigen Menschen zusammenzuleben. Nicht nur die Furcht vorm Alleinsein hatte sie zu diesem Entschluss gebracht, sondern hatte sie auch einen Weg gesucht, unter Menschen zu sein, falls der Diabetes mal wieder verrückt spielte. Ein erlebter Zuckerschock reichte ihr!

Gisela dachte zurück an die Damen im „Immergrün", mit denen sie am Tisch saß, zu denen sie keinen Kontakt fand, weil die in jeder Hinsicht anders gestrickt waren. Ihr fiel das seltsame Verhalten der Heimleiterin, Frau Winter, wieder ein.

Einen Lichtblick hatte es dennoch gegeben, als sie den lange schlummernden Kontakt zu ihrer Nichte Gaby gesucht hatte. Das gute

Verhältnis zu Gaby und ihrer Familie hatte ihr Leben bereichert und es wieder lebenswert erscheinen lassen. Dadurch konnte sie den aufkommenden Depressionen den Garaus machen.

Gern hätte Gisela sich weitere Stationen ihres Lebens in Bassum in Erinnerung gerufen, doch eine schrille Stimme unterbrach ihre Gedanken.

„So, hör zu! Es geht weiter. Vielleicht sollte ich dir erst mal einen Spiegel vor die Augen halten. So, wie du jetzt aussiehst, ist es vorbei mit deiner Schönheit. Und deine vielgepriesene Intelligenz sieht dir so auch kein Mensch mehr an."

Die Schmedes unterließ es dann doch, einen Spiegel zu holen, setzte ihr Geständnis fort:

„Wir, das heißt Renate und ich, mussten einsehen, dass Bernhard Hübner ein grottenschlechter Mensch war. Deshalb musste er weg! Lange haben wir überlegt, wie wir ihn verschwinden lassen könnten, aber zuvor mussten wir seinen Tod vorbereiten."

Frau Hartmann mischte sich ein: „Wir haben überlegt, ob wir einen Killer engagieren

sollten, aber dann haben wir uns entschieden, es selbst zu tun, um das Geld zu sparen. Wir zogen in Erwägung, in der Drogerie Koska Rattengift zu kaufen, hatten dann aber doch Angst, dass man uns wiedererkennen könnte, falls wir mit Bernhards Tod in Verbindung gebracht werden sollten. Wir haben alles gründlich geplant, nichts sollte schief gehen.
Dann kamen wir auf die Idee, uns mal kurz vor Mitternacht im Bremer Hauptbahnhof aufzuhalten. Da hielten wir Ausschau nach Einem, der uns K.o.-Tropfen besorgen konnte. War richtig interessant, was da nachts so abgeht! Ist uns nicht auf Anhieb gelungen, aber nachdem uns jemand ins Steintor-Viertel geschickt hatte, bekamen wir das, was wir brauchten. Weißt du noch, dass unser Wagen abgeschleppt werden sollte, weil wir im Halteverbot geparkt hatten?"
Die letzte Frage war an Frau Schmedes gerichtet, die jetzt wieder am Drücker war.
„Wie könnte ich das vergessen!
K.o.-Tropfen hatten wir nun, aber die setzen einen Menschen ja nur vorübergehend außer Gefecht. Aber wie sollten wir ihn dann endgültig um die Ecke bringen? Sollten wir

losen, wer ihm den Gnadenstoß versetzt? Und auf welche Weise sollten wir es tun? Erschießen?
Das war ganz schön knifflig. Gift! Gift war das Beste! Zum Glück kam Renate auf die Idee, dass Bernhard immer blutdrucksenkende Tabletten einnehmen musste. Damit sollte es uns gelingen, den schönen Bernhard zu eliminieren.
Also beschlossen wir, einen Cocktail aus meinen Tabletten zu mixen, die den Blutdruck steigern. Den wollten wir ihm einflößen, sobald er dank der K.o.-Tropfen gefügig geworden war. Wir diskutierten fast einen Tag lang, ob das der ideale Weg war, um unser Ziel zu erreichen. Zumindest hatte der den Vorteil, dass die Angelegenheit unblutig über die Bühne gehen würde."
Der Bericht der beiden Frauen erschien Gisela emotionslos, sachlich und nüchtern. Offensichtlich waren sie der Meinung, richtig gehandelt zu haben. So eiskalt konnte doch keiner sein! Zu gern hätte sie die eine oder andere Verständnisfrage gestellt, doch leider hatte sie keinerlei Möglichkeit dazu. Gisela war sich ihrer verzwickten Lage

durchaus bewusst, doch hoffte sie immer noch auf eine wundersame Rettung, durch wen auch immer.

„Inzwischen hatten wir zwei Fragen geklärt: Wir waren uns einig, Bernhard Hübner zu töten und wir wussten, wie wir es tun wollten. Blieb noch die Frage, wann es geschehen sollte und vor allem mussten wir klären, wo wir seine Leiche verschwinden lassen wollten. Dann fiel Renate der verwaiste Campingplatz in Ringmar ein, den wir gründlich in Augenschein nahmen. Mehrfach inspizierten wir das riesige Gelände - ideal fanden wir den ausgetrockneten Badesee. Da ließe sich bestimmt ein entsprechendes Loch schaufeln, in dem unser Bernhard seine ewige Ruhe finden könnte. Doch dann erfuhren wir, dass der Campingplatz zum Verkauf aussteht. Es wurde zu riskant, denn jederzeit konnten Kaufinteressenten auftauchen. Nicht auszudenken, wenn wir bei unseren Aktivitäten erwischt worden wären."

Mit einem Grinsen in den Mundwinkeln unterbrach Renate Hartmann ihre Komplizin:

„Erinnerst du dich noch an die Sache mit den Spaten?"
„Wie könnte ich das vergessen?"
Es schien, als sollte Gisela jede Einzelheit des Verbrechens erfahren, auch wenn sich die Erzählerinnen über manche Einzelheit im Nachhinein amüsieren konnten:
„Ich stamme ja vom Bauernhof. Früher hatten wir da einen Doppelspaten in Gebrauch, mein Opa sagte immer Erdlochausheber zu diesem Gerät. Ich war dafür, dass wir uns solch ein Teil anschaffen sollten und wir informierten uns im Internet. Heutzutage sind diese Doppelspaten sicher stabiler, als der abgenutzte verrostete, den wir damals benutzten, so dachte ich. Wir bestellten also einen, den teuersten, den wir bekommen konnten. So könnten wir leicht ein Loch neben dem anderen graben und schon wäre das ideale Grab fertig. Mit dem Spaten im Karton kam auch gleich die Ernüchterung. Der Doppelspaten war viel zu groß und zu schwer für uns, der war nur etwas für kräftige Männerhände. Wir schickten ihn postwendend zurück und informierten uns im Baumarkt. Da bestellten

wir uns ein kleineres Exemplar und mussten wieder ein paar Tage Wartezeit in Kauf nehmen."

„Wir überlegten weiter, wie wir Bernhards Audi verschwinden lassen könnten. Es war so schade um den tollen Wagen. Wie viele Erinnerungen an schöne Stunden waren damit verbunden!" Jetzt war mal wieder Frau Hartmann am Drücker:

„Sie werden sich fragen, weshalb wir Bernhards Leiche nicht zusammen mit dem Auto verbrannt haben! Früher, als ich noch nicht wusste, was für ein Luder er war, hatte er mal den Wunsch geäußert, seinen Leichnam nie verbrennen zu lassen. Na, diesen Wunsch wollten wir ihm wenigstens erfüllen!"

Dumm und naiv, alle beide, dachte Gisela, aber durchtrieben und gerissen. Was sollte sie nur tun, den beiden weiter zuhören? Blieb ihr überhaupt Zeit, die Geständnisse gegen die Mörderinnen zu verwenden? Also sollte sie sich das Geschwafel nicht weiter anhören und sich in ihre eigene Gedankenwelt zurückziehen.

Ihr guter Freund Otto kam ihr wieder in den Sinn. Otto war ihr ein Vertrauter, ein Gleichgesinnter gewesen so wie es jetzt Anton für sie war. Der arme Otto, der im „Immergrün" Mordopfer wurde. Mit ihm hatte sie eine gemeinsame Zukunft geplant, fernab vom „Immergrün". Fast wäre es ein perfekter Mord gewesen, einer, der vertuscht werden sollte. Aber sie, Gisela Koch, hatte nicht locker gelassen, bis sie mit Kalles Unterstützung die Mörderin überführt hatte.

Danach kam ihr der Zufall zur Hilfe und das Schicksal meinte es gut mit ihr, denn sie machte die Bekanntschaft der Lindemanns, die Wohnraum für eine Seniorengemeinschaft zur Verfügung stellten. Die Mitbewohner durfte Gisela selbst aussuchen und sie begegnete dem wunderbaren Martin, in den sie sich Knall auf Fall verliebte. Mit ihm hatte sie eine wundervolle Zeit verbringen dürfen und damit war sie längst noch nicht fertig.

Sie wollte leben – sie wollte dieses Martyrium überstehen.

Gerade als ihre Gedanken zu Anton wandern wollten, piekte jemand in ihren Oberarm.

Gisela öffnete die Augen und sah Frau Schmedes vor sich, die unaufhörlich mit ihrem Zeigefinger weiter piekte – immer auf die gleiche Stelle.
„Sag mal, interessiert dich gar nicht, was wir zu erzählen haben. Ist es dir nicht spannend genug? Pah! Macht einfach die Augen zu und tut so, als ginge es sie das alles nicht an.
Hey, munter bleiben, wir sind noch lange nicht am Schluss!

Wir mussten jetzt also den idealen Platz für Bernhards Grab finden. Zwischendurch haben wir auch überlegt, ihn als Begleitung mit in ein frisches Grab auf dem Friedhof zu legen, aber den Gedanken haben wir schnell wieder verworfen."
Jetzt übernahm Frau Hartmann wieder:
„Dann hatte Waltraud eine ganz tolle Idee. Die Gegend zwischen Bassum und Syke kennt sie ja noch bestens von früher. Genau da befindet sich ja auch das elterliche Gehöft.
Aber erzähl du selbst…"
„Ideal! Da gibt es eine große Wiese mit Gras für die Heuernte. Diese Wiese wird durch

ein kleines Bächlein geteilt. Zweimal jährlich muss auch die Böschung frei gemäht werden, damit der kleine Bach nicht dicht wächst. Um von einer Seite auf die andere zu gelangen, wurde schon zu meiner Kindheit ein kleiner Übergang angelegt. Das Wasser floss unter der kleinen Brücke durch ein größeres Drainagerohr hindurch. Damals haben wir dort sehr gerne gespielt."
Dabei huschte dieser eiskalten Frau sogar ein Lächeln über die Lippen.
„Häufig stauten wir das Wasser ab, in dem wir dicke Holzbohlen vor die Rohröffnung schoben. Dann planschten wir im aufgestauten Wasser und quälten die Frösche. Oder wir beobachteten, ob noch ein kleines Rinnsal den Weg durch das Rohr fand.
Ich musste erst einmal versuchen, diese Stelle wiederzufinden. Vielleicht hatten sich da im Laufe der Jahre Veränderungen ergeben und dieser Platz wäre für unser Vorhaben nicht mehr geeignet. Aber die Suche war erfolgreich! Wir brauchten jetzt dicke Holzbohlen, den Doppelspaten hatten wir ja bereits.

Der Plan war so: Auf der trocken gelegten Bachseite wollten wir ein Loch graben, tief genug, um Bernhards Leichnam darin verschwinden zu lassen. Dann würden wir ein paar größere Steine, von denen es da genug gab, und dazu etwas Sand um und auf seinen Kopf legen. Ließen wir den Durchfluss wieder zu, würde das Wasser den Rest für uns erledigen und Bernhard schön einschlemmen. Genial der Plan – ein perfektes Verbrechen! Und Keiner, kein anderer Mensch wird je davon erfahren. Bernhard Hübner wird für alle Zeiten verschwunden bleiben. Nur du, du weißt jetzt alles! Du musst doch einsehen, dass wir dich nicht wieder laufen lassen können, oder?"
Flehentlich schaute Gisela von einer Verbrecherin zur anderen, doch beide vermieden, ihrem Opfer in die Augen zu schauen.
„Mach mal einen schönen Kaffee für uns", herrschte Frau Schmedes ihre Komplizin an. Es war kein Zweifel, wer hier die Chefin war. Renate Hartmann war Laufbursche und Werkzeug für die Schmedes.

Durst, ja Gisela hatte mächtigen Durst. Kaffee wäre nicht zu verachten, aber Wasser sicherlich besser. Wasser, viel Wasser! Doch wer viel trinkt, muss die Flüssigkeit auch wieder loswerden. Und das in ihrer misslichen Lage? Ohnehin konnte sie sich nicht verständlich machen und um ein Schlückchen Wasser bitten. Das Schließen der Haustür ließ Gisela aufhorchen – Herr und Frau Bartels waren von ihrer Einkaufstour zurück. Ihnen war es nicht möglich, Giselas stumme Schreie zu hören.
Es war unglaublich, dass Gisela nach ihrem Wegzug aus Bremen indirekt in den dritten Mordfall verwickelt war.
Dabei war sie in jedem Fall weder Zeugin oder gar Täterin. Ihre Gedanken wanderten zurück und sie erinnerte sich an den Mordfall des polnischen Erntehelfers Andrzej, der genau auf diesem Fleckchen Erde ausgeführt wurde. Tatort war damals die Bauruine einer alten Lagerhalle, nach deren Abriss Herr Lindemann dieses exklusive Mehrfamilienhaus errichten ließ. Zusammen mit Martin und Anton war sie sogar nach Polen gereist, um Licht ins Dunkel einer mysteriösen

Geschichte zu bringen. Auch damals hatte sie bei ihren Recherchen gegen Martins Willen nicht nur einmal Alleingänge gewagt und sich dabei in Gefahr begeben. So wie auch jetzt, aber so prekär wie im Augenblick war ihre Lage allerdings nie gewesen.
Ach Martin, der stets um sie besorgte Martin! Wo mochte er stecken? Saß bestimmt mit Anton in der Sonne und ließ es sich mit einem Eisbecher gut gehen. Immer wieder sagte sie sich: „Ich will nicht sterben, jetzt nicht! Ich will meinen Martin wiedersehen. Er darf auch ruhig mit mir schimpfen. Ich glaub, ich habs verdient!"
Kaffeedüfte durchzogen inzwischen Frau Schmedes Räume. Bevor Frau Hartmann den Kaffee servierte, erhob sich Frau Schmedes und verschwand in ihrer Küche. Mit einer Flasche Wasser in der Hand erschien sie zurück und ehe Gisela sich versah, riss Frau Schmedes ihr den Klebebandstreifen vom Gesicht und ließ sie ein paar Schluck Wasser aus der Flasche trinken. Bevor Gisela auch nur ein Wörtchen sagen konnte, war ihr Mund wieder verklebt. In der Annahme, der Streifen könne nicht mehr halten, backte die

Peinigerin gleich noch einen Streifen darüber. Weil sie den zu lang bemessen hatte, klebte der auch noch in Giselas Haaren fest, was ziemlich stark ziepte, doch das war nur das kleinere Übel.
Wie spät mochte es sein. Gisela hatte keinerlei Zeitgefühl, sie bedauerte, dass sie keine Uhr im Blickfeld hatte.
„Du gibst ihr zu trinken? Wenn sie mal muss, pinkelt sie noch auf deinen schönen Teppich und du musst es saubermachen", gab Frau Hartmann zu bedenken.
„Hast auch Recht!" Und dann an Gisela gewandt:
„Musst du? Sag bloß Bescheid!"
Bescheid sagen! Ja, wie denn? So eine dumme Frage! Obwohl Gisela kein Bedürfnis mehr verspürte, nickte sie heftig. Für den Fall müssten ihr die Fesseln abgenommen werden, darin sah Gisela plötzlich eine winzige Chance zur Flucht.
Genussvoll setzte die Schmedes ihre Kaffeetasse zurück und erhob sich, um erneut die Schere zu holen. Damit durchschnitt sie Giselas Fußfesseln und es war ihr

offensichtlich egal, dass sie die Hose dabei eingeschnitten hatte.

„Steh auf!", herrschte sie Gisela an. Mit dem Kopf deutete sie auf die Badezimmertür. Dabei richtete sie die Spitze der großen Schere drohend auf ihr Opfer.

Wie gut tat es Gisela, die Beine zu bewegen und sich einmal auszustrecken. Wie sollte sie der Schmedes mit verklebtem Mund klarmachen, dass sie die Hose nicht mit gefesselten Händen öffnen könne. Wenn es nicht so tragisch und so bedrohlich gewesen wäre, hätte Gisela vermutlich grinsen müssen, bei der Vorstellung, die Schmedes machte sich selbst nützlich und zog Gisela Hose und Slip runter. Wie das wohl ausging? Es dauerte tatsächlich eine Weile, bis die Fesseln durchschnitten wurden. Doch Gisela hatte sich zu früh gefreut, denn die Schmedes stand unmittelbar vor ihr und Gisela sah die Schere auf sich gerichtet. Umgehend wanderte Giselas Hand in Richtung Mund, um sich von dem blöden Klebestreifen zu befreien. Sie brach ihr Vorhaben ab, als sie die Scherenspitze bedrohlich nahe auf sich zukommen sah. Wie sollte sie sich verständlich machen und erklären, dass sie im Beisein einer Fremden kein Tröpfchen loswerden könne?

„Musst ja gar nicht! Kommt ja nichts", stellte die Schmedes fest. „Wolltest wohl abhauen oder was? Meinst du, ich wäre blöd?" Waltraud Schmedes war äußerst gereizt und somit wohl auch unberechenbar.

Die Frau ist abgrundtief schlecht, dachte Gisela und sah sich im Bad nach einem brauchbaren Gegenstand um, der ihr bei einem Fluchtversuch nützlich sein könnte. Da war aber absolut nichts Geeignetes zu finden.

Ein erneuter Versuch, sich den Klebestreifen vom Mund zu reißen, um reden zu können und in Verhandlung zu treten, scheiterte schon im Ansatz.

So blieb Gisela nichts anderes übrig, als sich wieder fesseln zu lassen. Diese Mal verklebten die beiden Monster ihr jeweils ein Handgelenk mit einer Armlehne und ein Bein mit einem Stuhlbein. Vorher hatte die Hartmann noch empfohlen:

„Stell den Stuhl lieber auf die Fliesen. Wenn sie denn doch noch mal muss!"

Die Stimme der Schmedes klang immer ganz anders, wenn sie über Bernhard Hübner sprach – so getragen, irgendwie theatralisch:
„Wie so oft im Leben, so auch hier: ‚Und erstens kommt es anders, und zweitens als man denkt.' Wir hatten lange überlegt, wann und wie ein Treffen mit Bernhard abgemacht werden sollte, und vor allem wer von uns war am besten geeignet, diesen Part zu übernehmen? Wir einigten uns, dass Renate sich bei ihm melden sollte, um ein Date mit ihm bei Einbruch der Dunkelheit auf dem Parkplatz des Naturbades zu vereinbaren. Ich wollte kurze Zeit später mit in den Wagen steigen, damit wir gemeinsam unseren Plan ausführen konnten. Bernhard war sehr überrascht über den Anruf, weißt du noch?"
„Ja, ja, er war richtig froh, als ich mich gemeldet hatte und er sagte sofort zu. Als ich seine Stimme hörte, bekam ich fast ein schlechtes Gewissen."
„Du hättest ja am liebsten gekniffen, obwohl du selbst gesagt hast, dass er den Tod verdient hat. Mit einem Glas Champagner sollte Bernhard gleichzeitig die K.o.-Tropfen

bekommen. Nach deren Wirkung hatten wir uns ausreichend im Internet informiert. Fragte sich nur, ob wir auch wirklich echte K.o.-Tropfen in Bremen bekommen hatten, schließlich konnten wir die ja nicht vorher testen.

Nacheinander sind wir also zum Treffpunkt gefahren, Renate zuerst und etwas später ich. Bernhards Audi stand schon da, doch leider nicht allein. Wir konnten nicht voraussehen, dass dort mindestens dreißig Autos parkten. Gerade bog ein Reisbus auf den Parkplatz und zahlreiche Fahrgäste stiegen aus. Es gab ein lautes Hallo, große Verabschiedungszeremonien und nur ganz langsam leerte sich der Parkplatz – leider nur zur Hälfte. Es wurde wieder still, aber knapp zwanzig Autos standen noch da und warteten vermutlich auf die Ankunft eines zweiten Busses. Es hatte keinen Zweck, wir mussten unser Vorhaben an diesem Tag aufgeben. Blöd war nur, dass unser Bernhard Renates Wagen schon gesehen hatte. Was sollten wir tun? Mich durfte er nicht auch noch entdecken."

„Du hast es dir leicht gemacht", jammerte Renate Hartmann. „Mir fiel nicht besseres ein: Ich stieg aus, ging an sein Fenster, um ihm zu sagen, dass mich Montezumas Rache erwischt hätte."

„Sag doch lieber gleich, dass du dir am liebsten in die Hose geschi….. hättest!"

Die Schmedes hätte es ruhig aussprechen können, das hätte Gisela in diesem Moment locker verkraften können.

K.o.-Tropfen! Hoffentlich hatten die beiden Monster keine mehr davon. Gisela hatte Angst um ihr Leben, so wie sie den Beiden ausgeliefert war. Trotzig formulierte sie eine Affirmation, die sie allerdings nur denken konnte: Ich kann, weil ich will und ich will, weil ich kann! Ich will leben! Ich will das alles hier überleben! Dennoch wusste sie nicht, ob sie Siegerin sein könnte.

K.o.-Tropfen – so viel wusste Gisela darüber: Die Wirkung hängt von der körperlichen Verfassung ab und davon, wann die letzte Mahlzeit eingenommen und welche Medikamente zuvor geschluckt wurden. Da hatte sie schon mal schlechte Karten. Die Wirkung beginnt meist mit Schwindel und

Übelkeit, so hatte Gisela das neulich gerade in einer Fernsehsendung verfolgt. Es ist eine Frage der Zeit, bis das Opfer in tiefe Bewusstlosigkeit fällt. Dieses enthemmend machende und euphorisierende Teufelzeug macht die Menschen willenlos und manipulierbar. Rückwirkend erinnern sich die Betroffenen nicht an die Vorfälle, die während der Wirkzeit der Tropfen mit ihnen passieren.

Die Wirkung beginnt mit Müdigkeit, das Opfer fällt in tiefen Schlaf oder führt zur Bewusstlosigkeit. In ungünstigen Fällen endet die unfreiwillige Einnahme mit Atemstillstand. Oh mein Gott, bitte mach, dass sie keine K.o.-Tropfen mehr haben! Giselas flehentliche Blicke erreichten weder Renate Hartmann noch Waltraud Schmedes.

Die Letztere hatte das grausame Thema wieder aufgegriffen, dabei schien sie wie von Sinnen zu sein.

„Ich wusste, dass es besser war, wenn ich selbst die Begegnung mit Bernhard übernahm. Auch ich schmierte ihm Honig um den Bart und überredete ihn zu einem Treffen an einem verschwiegenen Plätzchen.

Dazu wollte ich ihn auf einen Feldweg nahe der Bahnlinie Bassum-Syke lotsen, denn in der Ecke kannte ich mich bestens aus. Außerdem war der kleine Bach, in dem Bernhard endgültig verschwinden sollte, ganz in der Nähe. Ich hatte ihm diesen Ort vorgeschlagen, „damit Renate uns nicht auf die Schliche kommt". Er konnte ja nicht wissen, dass die schon vor uns am Treffpunkt sein sollte. Für den kommenden Mittwoch hatten wir uns verabredet. So blieben uns ein paar Tage Zeit, um alles noch einmal genau zu überdenken.

Wie hätten wir wissen sollen, dass die Bahn ausgerechnet in dieser Zeit mit Gleisbauarbeiten anfing.

Am Mittwochabend hätte ich mir am liebsten vor Wut in den Hintern gebissen. Ein Teilstück der Bahnstrecke, unweit unseres Treffpunktes, war hell erleuchtet. Ich war schrecklich nervös, denn das laute Getröte des Nebelhorns machte mich rasend. Durchdringende Huptöne brachten mich zur Weißglut. So war ich richtig in Rage, als Bernhard eintraf. Dann tröstete ich mich und stellte mir vor, dass der Lärm der Warnhupen uns sogar nützen könnte, denn wir wussten ja nicht, ob unsere Aktion lautlos über die Bühne gehen würde.

Nur kurz überlegte ich, ob ich zu Bernhard ins Auto steigen sollte, oder ob es besser war, ihm in meinem Wagen zu begegnen. Ich entschied mich für die erste Lösung, griff die beiden Piccolos, von denen die eine Flasche präpariert war. Wir konnten ja noch nicht wissen, ob eventuell doch Blut fließen würde und die Sauerei wollte ich in meinem Auto nicht haben. Renate lauerte in unmittelbarer Nähe, so, das Bernhard sie nicht ausmachen konnte. Sie hatte in ihrer Tasche weitere Utensilien, die wir vielleicht noch brauchen würden: ein großes Messer, Pfefferspray und den vorbereiteten Tabletten-Mix."

Renate Hartmann erinnerte sich in diesem Moment an ihre Gedanken und Befürchtungen, die sie damals beunruhigten. Sie hielt es sogar für möglich, dass Waltraud Schmedes sich doch noch mit Bernhard versöhnte und verbündete, und sie, Renate Hartmann, als Nebenbuhlerin, endgültig ausschalten würde. Sie traute dem Frieden nicht so ganz und wollte sich im Fall des

Falles bis zum letzten verteidigen. Schon bald merkte sie, dass diese Sorge unnötig war.

„Weißt du, wozu ich jetzt Lust hätte?", fragte Martin seinen Mitfahrer Anton.
„Nö, aber lass es mich wissen".
„Wenn du noch magst, fahren wir jetzt zu Petra Gienau.
Du weißt doch, die mit dem schönen Geschenkladen. Ich hätte so richtig Lust, eine Überraschung für Gisela auszusuchen."
„Sei ehrlich, du willst nur nach den dicken Hühnern und den Enten und Gänsen sehen, oder?"
„Na und du willst wieder Katzen streicheln: die kleine Frieda und Mo, und wie sie alle heißen. Kannst ja beidhändig machen", lachte Martin.
„Dann fahr' man los, ich folge dir."
War ja auf dem Tandem auch gar nicht anders möglich.

Petra zeichnete gerade neue Ware aus und Martin machte einen langen Hals, um die schönen Stücke als Erster zu begutachten.

Worüber würde sich sein Hummelchen am meisten freuen? Über den entzückenden Spiegel oder die geschmackvolle Blumenampel? Zahlreiche Tierfiguren aus unterschiedlichen Materialien machten ihm die Wahl zur Qual. Reizende Kleidungsstücke hingen auf dem Ständer, aber die sollte Gisela sich besser selbst aussuchen. Ob die Obstmesser-Garnitur wirklich alt war, oder war es eine Reproduktion. Egal, schön waren sie, doch Martin erinnerte sich an den Aberglauben, dass man niemals Messer verschenken sollte. Er liebäugelte auch mit den hölzernen Buchstützen, entschied sich dann aber für geschmackvolle Stuhlkissen für die Gartenstühle.
Inzwischen hatte Anton tatsächlich Frieda, die jüngste der Katzen entdeckt, wobei es ja wirklich anders herum war.
Die dreifarbige Frieda machte schnurrend einen langen Hals, um sich den ausgiebig kraulen zu lassen. Nachdem Anton die Armlehne eines Stuhles zu fassen bekommen hatte, war er im Begriff, sich hinzusetzen, wurde aber jäh davon abgehalten. Lautstark machten die Ladenbesitzerin und Martin ihn

gleichzeitig darauf aufmerksam, dass er sich gerade auf zwei Eierpaletten setzen wollte. Zum Glück waren die Warnrufe rechtzeitig erklungen und die große „Sauerei" konnte verhindert werden. Anton war mal wieder alles peinlich, doch die Beiden konnten ihn beruhigen, so dass sie bald zu Dritt über diese Situation lachen konnten.

Martin ließ es sich nicht nehmen, einen Blick auf das Federvieh zu werfen, das sich friedlich in dem idyllischen Garten aufhielt: die dicken Hühner, die Gänse und die Enten. Petra war ihnen gefolgt und sie bekam fast noch feuchte Augen, als sie davon berichtete, dass sie kürzlich vier der Nachwuchsgänse in andere gute Hände gegeben hatte. Dieser Besuch hatte sich in der Tat wieder gelohnt und die beiden Männer wussten, dass Gisela gerne dabei gewesen wäre.

Das Klingeln von Giselas Smartphone ließ die drei Frauen aufhorchen. Weil aber keine von ihnen den Anruf entgegennahm, konnte auch keine erfahren, dass Gaby versuchte, ihre Tante zu erreichen. Gaby wunderte sich sehr, denn auf der Festnetznummer hatte sich auch niemand gemeldet. Gaby ahnte nicht, in welcher Gefahr sich ihre Tante befand. Sie tröstete sich und vermutete Gisela in sicherer Begleitung von Martin und Anton, dann hatte sie auf die Mailbox gesprochen und so würde Gisela bestimmt so bald wie möglich zurückrufen.

Karin und Gerd Lindemann waren noch nicht aus Bremen zurück, denn sie verbrachten nach dem Arztbesuch noch einige Zeit im Weserpark. Derweil durchstreiften Werner Bauermann und Hans Meyerholz die waldreiche Gegend rund um den Heiligenberg, die der ehemalige Förster wie seine Westentasche kannte.

Das Klingeln von Giselas Handy hatte Renate Hartmann scheinbar an etwas Wichtiges erinnert, denn sie sprang plötzlich auf und griff zum Telefon:

„Frau Bartels, wir kommen heute nicht zum Mittagessen, Frau Schmedes und ich. Uns ist etwas Unvorhergesehenes dazwischen gekommen. Tut mir Leid, dass wir uns nicht früher gemeldet haben. Bis morgen also!"

„Gut gemacht", lobte die Schmedes.

Gisela vermutete, dass es zwischen 11 und 12 Uhr sein musste. Wie lange könnte sie diese Tortour noch ertragen? Immer wieder sagte sie sich: „Ich kann, weil ich will und ich will, weil ich kann! Ich will leben!"

„Hör zu, es geht weiter", herrschte die Schmedes Gisela an: „Mit den beiden Piccolo-Flaschen stieg ich also zu Bernhard ins Auto. Die Begrüßung fiel eher unterkühlt aus, erst als ich ihm sagte, dass ich ihm verzeihen würde, taute er etwas auf und wurde zugänglicher. Er wurde zärtlich, als ich das Geldthema anschnitt.
Aber zu dumm auch, er wollte keinen Alkohol trinken – ums Verrecken nicht! Wegen einer Entzündung im Kiefer musste er Antibiotika schlucken, die sich nicht mit Alkohol vertrugen. So sehr ich ihn auch bedrängte, er ließ sich nicht zu einem Schluck Sekt verführen. Ich musste handeln, denn ich wusste nicht, ob ich in der Lage war, unser Vorhaben noch ein weiteres Mal zu verschieben. Meine Nerven lagen blank und das Konzert der Signalhupen brachte mich zur Weißglut.

Dann kam mir eine ganz verrückte Idee: Ich bat Bernhard, die Kuscheldecke aus meinem Kofferraum zu holen, um es uns damit gemütlich zu machen. Oh, mein Gott, wie hatte ich diesen Kerl einmal geliebt - die Gefühle, die ich jetzt für ihn empfand, konnte ich nicht beschreiben. Während er meinen Kofferraum öffnete stellte ich mich dicht hinter ihn. Es war ziemlich dunkel, nur ein kleiner Schein von der Baustelle gab uns etwas Licht. Als er die Decke in den Händen hielt und gerade wieder hoch kommen wollte, schlug ich den Kofferraumdeckel mit Gewalt runter. Wieder und wieder, ich weiß nicht, wie oft- direkt auf seinen Kopf. Ich war wie von Sinnen und hatte Bärenkräfte entwickelt. Inzwischen war Renate dazu gekommen, die nicht glauben konnte, was sie da sah. Sie beschimpfte mich, weil wir die Sache doch unblutig über die Bühne bringen wollten."
Renate Hartmann brummelt sich etwas Unverständliches in den Bart und Waltraud Schmedes setzte ihren grausigen Bericht fort.

„Scheinbar hatte das Kofferraumschloss schon beim ersten Schlag sein Schädeldach zertrümmert, es sah schlimm aus.
Er sah schlimm aus! Irreparabel!
Was sollten wir jetzt tun? Unsere gut durchdachten Pläne hatten wir nicht realisieren können. Wir heulten miteinander, lagen uns in den Armen und schlugen im nächsten Moment aufeinander ein. Schließlich setzten wir uns in Renates Auto und berieten, wie wir weiter vorgehen sollten"

Gisela konnte nicht glauben, was sie da hören musste. Aber sie hatte selbst genug mit sich zu tun. Was würde mit ihr passieren, wenn sie auf ihre Medikamente und jede Nahrungsaufnahme verzichten musste? Wie lange könnte sie durchhalten? Was hatten die Monster mit ihr vor? Die würden sie nicht gehen lassen nach dieser Beichte. Das war so sicher wie das Amen in der Kirche. Weshalb suchte keiner nach ihr? Dann mobilisierte sie wieder ihre Kräfte: ‚Ich kann, weil ich will und ich will, weil ich kann. Ich will leben! Lieber Gott, bitte schicke mir Hilfe!'"

Unerbittlich setzte die Schmedes ihren Bericht fort:
„Uns fiel nichts Besseres ein, als Bernhard in seinen Kofferraum zu verfrachten. Dazu brauchten wir seine Wagenschlüssel, um den Audi gleich neben meinem Wagen zu parken. So brauchten wir ihn nicht so weit zu schleppen. Doch die Schlüssel hatte er vermutlich in seiner Hosentasche. Zum ersten Mal mussten wir seinen Leichnam berühren. Im Erste-Hilfe-Kasten fanden wir Handschuhe. Mein Gott, niemals zuvor hatten wir Bernhard mit Handschuhen angefasst! Zusammengesunken hockte er hinter meinem Wagen, den Kopf im Kofferraum. Renate sollte ihn aufrichten und ich wollte seine Taschen durchsuchen."

Gisela nahm das Schaudern wahr, welches bei dieser Erinnerung durch Renate Hartmanns Gesicht huschte. ‚Typisch' dachte Gisela: Die Schmedes koordinierte und übernahm selbst die leichteren Aufgaben.

Jetzt mischte Frau Hartmann mal wieder mit:

„Nie habe ich geahnt, wie schwer so ein Körper ist. Wie habe ich mich anstrengen müssen, um ihn wenigstens ein paar Zentimeter aufzurichten. Irgendwann gelang es Waltraud, ihm die Schlüssel aus der Tasche zu ziehen. Sie fuhr seinen Wagen rückwärts hinter ihren, so brauchten sie ihn nur einzuladen. Beide packten wir zu, Waltraud nahm die Beine und ich mühte mich mit seinem Oberkörper ab. Endlich hatten wir es geschafft und er lag im Kofferraum."

Die Schmedes wollte sich das Wort nicht nehmen lassen:

„Erschrocken stellten wir fest, dass sein Körper zu groß für diesen Kofferraum war, denn die Heckklappe ließ sich nicht schließen. In der Nähe gab es genug Kühe auf den Weiden, die am nächsten Morgen gemolken werden mussten. Allein so ein Audi TT in der Wildnis war schon auffällig genug und könnte neugierige Blicke auf sich lenken. Wir mussten uns etwas einfallen lassen und wir rätselten, was zu tun sein. Zum Glück kamen wir auf die Idee, die

Lehnen der Rücksitze runterzuklappen, um so mehr Platz zu bekommen. Dazu mussten wir Bernhard erst einmal wieder ausladen, um uns überhaupt bewegen zu können. Die Rückenlehnen waren durch ein rätselhaftes System arretiert und es dauerte lange, bis wir sie endlich nach vorn klappen konnten. Und wieder hievten wir Bernhard in seinen Kofferraum. Renate holte die Kuscheldecke aus meinem Wagen und deckte seinen Leichnam damit zu. Ich schwöre, hätte ich einen gefüllten Benzinkanister bei mir gehabt, wäre der Audi samt Inhalt in dieser Nacht Opfer der Flammen geworden. Und ich hätte mir ein Ei auf Bernhard Wunsch gepellt, der immer gesagt hatte, dass er niemals verbrannt werden möchte.

Notdürftig wischten wir das sichtbare Blut an meinem und an Bernhards Wagen ab. Als sich die Frage ‚Womit denn' stellte, zog ich mein T-Shirt aus.

Nachdem wir das geschafft hatten, lagen wir uns wieder abwechselnd in den Armen oder wir machten uns gegenseitig Vorwürfe. Bei uns beiden lagen die Nerven blank. Wir brauchten Abstand zum Geschehen und

mussten zuhause zur Ruhe kommen. Ohne Beruhigungsmittel ging das verständlicherweise nicht. Schließlich mussten wir am nächsten Tag fit sein, um Bernhard im Grund des kleinen Baches verschwinden zu lassen."
Jetzt wusste Gisela, weshalb die beiden ein paar Mal abends so geschunden zurückgekommen waren. Fast hätte sie noch Mitleid mit diesen beiden Monstern bekommen. Unsinn! Gisela musste sich um sich selbst kümmern. Wenn sie doch nur wüsste, wie lange sie schon gefangen gehalten wurde. Zu dumm auch, dass keine Uhr in ihrem Blickfeld war. Ein logischer Gedanke beruhigte sie etwas: Ohne Nahrung und Insulin würde ihr Blutzuckerspiegel gefährlich in die Knie gehen und der Gedanke an einen Zuckerschock lag nahe. Doch die Stresssituation arbeitete dagegen und ließ den Blutzuckerwert steigen. Wie lange würde das ausgleichend wirken können? Wie gut, dass sie darüber Bescheid wusste, den beiden Frauen war das sicher nicht bekannt. Dennoch hatte sie keine Ahnung, wie sie sich selbst aus dieser prekären Lage befreien sollte. Hier, in Frau Schmedes Wohnung

vermutete sie keiner. Gisela hatte längst eingesehen, dass sie mal wieder übers Ziel hinausgeschossen war und sich selbst mächtig in Gefahr gebracht hatte. Wie sollte sie das nur Martin erklären? Hatte sie überhaupt noch irgendwann die Gelegenheit dazu? Sollte sie das hier nicht überleben, was würde Martin dann machen? Sich eines Tages eine neue Partnerin suchen? Ersatz für sie, sein Hummelchen? Nein, sie wollte keiner Anderen Platz machen, sie wollte das hier überleben.

‚Ich kann, weil ich will und ich will, weil ich kann'. Immer wieder hämmerte sie sich diese Affirmation ein.

Unerbittlich setzte die Schmedes ihren Bericht fort:

„Am nächsten Morgen machten wir uns gleich nach dem Frühstück auf den Weg. Zwei passende große dicke Holzbohlen hatten wir schon ein paar Tage vorher im Baumarkt gefunden, wir brauchten sie nur noch abzuholen und fuhren zum Tatort.

Mit den Bohlen stauten wir das Wasser auf der einen Seite des Rohres ab. Es funktionierte ziemlich gut, das Wasser stieg auf der gestauten Seite langsam an. Ganz abdichten konnten wir das Rohr natürlich nicht, aber es reichte, um auf der anderen Seite mit dem Graben anzufangen. Der sandige Boden war zunächst nicht mal allzu hart, wir hatten das schon anders befürchtet. Dummerweise hatten wir die Vorstellung, den Doppelspaten gemeinsam zu benutzen, aber das ging gar nicht. Also haben wir uns abgewechselt – doch schon nach einer Viertelstunde haben wir wieder getauscht, denn länger hätte die Kraft nicht gereicht. Es war wirklich Schwerstarbeit. Die nächsten Befürchtungen trafen zu, denn unter dem hellen Sand fanden wir Kies und auch größere Steine. Wir quälten uns mächtig: Wenn eine grub, räumte die andere die Steine zur Seite. Der Doppelspaten war für unsere Zwecke nicht gerade ideal. Löcher für Zaunpfähle oder Masten auf trockenem Boden graben, keine Frage, das könnte funktionieren. Es war verdammt schwer für uns Frauen und schon bald hatten wir dicke Blasen auf den Handinnenflächen, dabei reichte das Loch nach zwei Stunden höchstens für einen halben Bernhard. Dazu kam, dass wir immer auf der Hut sein mussten, denn Zuschauer hätten wir nicht auch noch gebraucht. Wir machten eine kleine Pause, um uns im Baumarkt besser geeignete Arbeitshandschuhe zu besorgen. Pflaster brauchten wir noch und etwas zu essen. So, wie wir nach der Anstrengung aussahen, konnten wir uns kaum unter die Menschheit trauen."

„Ja, und dann hast du gefragt, ob wir ihn nicht doch samt Audi verbrennen sollten. Ich war strikt dagegen, denn eine Verbrennung hatte Bernhard nach seinem Tod ausdrücklich nicht gewollt. Wenigstens diesen Wunsch wollte ich ihm erfüllen und genau der Gedanke gab mir Bärenkräfte, um weiter zu graben. Und dann erzähl jetzt auch, dass du im Baumarkt noch ein großes Messer und einen Fuchsschwanz kaufen wolltest. Ich ahnte damals gleich, was du damit vorhattest."

„Wenn schon keine Feuerbestattung, dann mussten wir uns sputen und uns etwas einfallen lassen, sonst hätte unser Vorhaben noch Tage gedauert.

Bei McDonalds haben wir etwas zu essen geholt. Drive in - da konnten wir im Auto bleiben und brauchten so verschmutzt und verzaust nicht unter die Leute zu gehen.

Das Essen und die Pause hatten uns gut getan und wir fuhren zurück an unseren Tatort am Bach. Keiner von uns hatte es bis dahin gewagt, einen Blick auf Bernhards Leiche im Kofferraum zu werfen.

Mit Pflastern auf den Blasen und dickeren Handschuhen arbeiteten wir weiter. Wie gut, dass es lange nicht geregnet hatte, denn so war das Bächlein nur ganz schmal. Noch hielten die Holzbohlen auf der anderen Seite das gestaute Wasser zurück. Aber keine Frage, wir mussten heute fertig werden, denn zu lange durften wir das Wasser nicht abstauen."

„Plötzlich fiel mir ein, wo wir den ausgegrabenen Sand, die Steine und das Erdreich lassen sollten, nachdem wir das Loch gefüllt hatten. Schließlich lag schon ein ganz schön großer Haufen vor uns. Wir entschieden uns, all das im Bachlauf zu verteilen. Das bedeutete also, noch mehr körperliche Arbeit für uns."

Die Beiden hatten jetzt abwechselnd ihren Bericht fortgesetzt.

Gisela wollte so gern etwas fragen, aber das ermöglichte ihr zugeklebter Mund nicht. Sie wollte gern wissen, was mit den Gleisbauern war, die sie doch am Vorabend so gestört und genervt hatten. Gisela sollte es nicht erfahren.

Neulich hatte sie mit Martin und Anton darüber diskutiert und philosophiert, dass die Drei mit ihren gut sechzig Jahren ihre Zukunft schon fast verbraucht hatten. Gisela hatte den Eindruck, als habe sie in der Hinsicht heute besonders zugelangt.

Trotzig blickte sie auf die Frauen, als wollte sie ihnen zeigen, dass sie nicht so einfach aufzugeben gedachte, obwohl sie wusste, dass sie schlechte Karten in diesem Spiel hatte. Immer wieder war Gisela bemüht, ihre großen Ängste zu verbergen, was ihr meistens nicht gelang.

„ Na, wir langweilen dich wohl? Langweilen wir dich?" die Schmedes rüttelte Giselas Schulter.

„Du bist mein Opfer, dich habe ich als Zuhörerin ausgesucht, damit ich mir alles von der Seele reden kann. Damit mich das erleichtert. Wer weiß, vielleicht verwende ich die ganze Bernhard-Geschichte eines Tages als Stoff für einen Krimi. Einen, der es in sich hat. Dann müsste ich die Damen aus Bernis Harem dazu befragen: Tildchen, Babsi und Lörchen und wie sie alle hießen. Wie gut, dass wir sein Handy gefunden haben.

Das, was unser Gewissen bereinigt, wird deins belasten. Aber, keine Sorge, das wird nur kurz sein, denn du wirst keine Zeit mehr finden, um unsere Geheimnisse auszuplaudern. Die werden dich bestimmt alle hier aufs Schmerzlichste vermissen, weil du in ihren Augen immer die Tollste warst. Perfekt, in jeder Hinsicht! Mein Gott, wie haben sie dich vergöttert. Aber bald: Aus die Maus, aus und vorbei."

Dabei fing die Schmedes wieder an, mit dem Zeigefinger zu pieken – immer auf dieselbe Stelle am Oberarm.

„Und was meinst du dazu? Kannst auch ruhig etwas sagen", herrschte sie die Hartmann an.

„Ja, ja, du hast ja Recht", antwortete die mit ziemlich schwacher Stimme. Durch die Geständnisse wurde ihr das grausige Verbrechen wieder deutlich ins Gedächtnis gerufen und Gisela war sicher, dass wenigstens Renate Hartmann ein schlechtes Gewissen quälte. Sie war von der Schmedes angestiftet worden, vermutlich wäre sie nie auf die Idee gekommen, ihren Ex-Geliebten zu ermorden. Die Hartmann hatte scheinbar meist den schwereren Part übernehmen müssen. Renate Hartmann war Mitläuferin, Befehlsempfängerin und irgendwie auch ein Opfer der Schmedes.
„Was ist? Bist du müde? Oder ist dir langweilig? Weshalb machst du die Augen zu? Oder schwächelst du schon?", frohlockte die Schmedes im letzten Satz.
Dabei war es ein Versuch von Gisela, die Schmedes zu irritieren. Einfach mal so tun, als ginge sie das alles nichts an. Dumdidumdidumdidum! Doch Giselas passives Verhalten stachelte die Schmedes erst richtig an und sie fuhr fort:

„Wir gruben also abwechselnd weiter, bis wir meinten, das Loch könnte endlich groß genug sein.

Dann trauten wir uns, den Kofferraum von Bernhard Audi zu öffnen. Zum ersten Mal sahen wir nach fast 24 Stunden den Leichnam wieder, der wie zusammengefaltet in seinem Versteck lag. Es war kein schöner Anblick, wirklich nicht. Renate wollte schon schlapp machen und kippte fast aus den Latschen. Ich konnte sie gerade noch auffangen und sie an unsere Pflicht und unsere Vereinbarung erinnern. Ich habe sie richtig angeschrien, um sie an die Wirklichkeit zu erinnern.

Den auf dem Beifahrersitz liegenden Strohhut holten wir und setzten ihn auf Bernhards Kopf. Die breite Krempe bogen wir nach unten, so dass uns der Anblick seines Gesichtes erspart blieb.

Dann haben wir versucht, Bernhards Leichnam aus dem Kofferraum zu zerren. Es schien hoffnungslos zu sein, so schwer kam er uns vor. Ich kam auf die Idee, eine Sackkarre oder etwas anderes Fahrbares aus dem Baumarkt zu holen. Vielleicht gab es sogar so etwas zum Verleih. Dann brauchten wir uns nicht so gewaltig zu schinden. Wir überlegten, dass es besser war, seinen Wagen über die Wiese so nahe wie möglich an sein künftiges Grab zu fahren. Ein paar mal streikte der Motor, weil die Strecke zu holprig war und der Audi stehen blieb, aber irgendwann hatten wir es geschafft.

Schon unser Augenmaß sagte, dass das gegrabene Loch immer noch nicht groß genug war. Ich war froh, dass ich vorsorglich Messer und Säge besorgt hatte. Es ging nicht anders, wir mussten sein Gewicht drastisch reduzieren

und ihn eben kleiner machen.

Ich sehe noch dein Gesicht, als du registriert hast, was ich mit dem Messer vorhatte. Aber du, du warst mal wieder feige und hast geschrien wie am Spieß. Hast dich geweigert, ihm die Beine abzusägen, du Feigling!"

„Erinnere mich bloß nicht daran! Mir läuft noch heute ein Schauer über den Rücken, wenn ich nur daran denke. Ich sollte seine Beine absägen! Nein, ich war sicher, dass ich das nie fertig bringen würde. Gedroht hast du, du würdest umgehend wegfahren und mich mit dem ganzen Schlamassel alleine lassen. Du hast mir den schweren blöden Doppelspaten hingestellt und mich angeschrien, wenn ich nicht sägen wollte, dann sollte ich das Loch eben tiefer graben.

Ich hatte zwar keine Kraft mehr, mir taten alle Glieder weh. In beiden Händen hatte ich blutige Blasen. Ich habe mich zusammengenommen und weiter gegraben, bis ich kaum noch konnte. Schließlich sollten unsere Kräfte noch reichen, denn wir mussten den Leichnam noch aus dem Kofferraum hieven und ihn dann ins vorbereitete Grab befördern."

Wieder übernahm die Schmedes das Wort:

„Ich warf einen Blick auf seine fast neuen italienischen Schuhe. Mit einbuddeln? Um die hätte es mir unheimlich leid getan, denn die konnten wir mit Sicherheit noch gut über eBay verkaufen. Renate schüttelte nur ihren Kopf und bemühte sich dann doch, ihm die braunen Lederschuhe auszuziehen.

Endlich schien uns das Loch groß genug zu sein. Wir mussten uns ziemlich schinden, um den leblosen Körper bis zu seinem neuen Verbleib zu schleppen.

Also ehrlich, das war kein Honigschlecken, das war Schwerstarbeit, die wir beide nicht gewohnt waren.

Wir mussten noch ein bisschen hin- und herruckeln, aber dann hatten wir es endlich geschafft."

„Ja, aber erst, nachdem du - platsch - in den Graben gefallen bist. Das kannst du auch ruhig erzählen. Da hast du ganz schön bedröppelt aus der Wäsche geguckt." Ein wenig zynisch klang Renates Stimme dabei.

„Grinst du jetzt?", herrschte die Schmedes Gisela an, deren Augen trotz ihrer misslichen Lage ähnliches verraten hatten.

Gisela schlug erst die Augen nieder und setzte dann im wahrsten Sinne des Wortes die Hasskappe auf, was ihr Blick unschwer zu verstehen gab.

Ein verflixt mulmiges Gefühl machte sich in Gisela breit. Lange konnte es nicht mehr dauern, bis die Beichte der beiden Frauen beendet war. Was würde dann passieren? Was um alles in der Welt mochten die mit ihr vorhaben? In einer solchen verzwickten

Lage hatte sie sich noch nie befunden und Gisela wusste genau, dass sie sich ohne Hilfe nicht befreien konnte. Sollte ihr letztes Stündchen schon bald geschlagen haben?
Nein! Nein und nochmals nein! Das wollte sie nicht zulassen. Könnte sie wenigstens reden, würde sie versuchen, die Hartmann zu beeinflussen. Die könnte vielleicht einknicken, denn die war absolut nicht mit sich im Reinen.
Gisela schickte ein Stoßgebet mit Blick in Richtung Himmel, in dem sie um Rettung und Hilfe flehte und richtete einen dringenden Appell an ihren Schutzengel.
Ihre Augen wurden feucht und ein paar Tränen waren nicht aufzuhalten. Tränen aus Angst, vor Verzweiflung und Wut.
Gisela versuchte in Gedanken, einen Notruf zu senden: Den ersten richtet sie an ihren Martin, ihren geliebten Martin. Den zweiten schickte sie an ihre geschätzte Nichte Gaby, die gleichzeitig ihre beste Freundin war. Natürlich auch eine an Kalle, Gabys Mann. Der hätte mit Sicherheit Interesse an diesem Fall: Kidnapping, Mord, Brandstiftung, die

Liste reichte nicht aus für die Vergehen des Monster-Duos.

Die schrille Stimme der Schmedes riss Gisela aus ihrer Gedankenwelt. Vermutlich empfand Giselas Peinigerin sogar Freude und Genugtuung durch den Bericht ihrer Schandtaten.

„Zum Glück war die meiste, vor allem die schwerste Arbeit getan. Renate rückte seinen Strohhut noch einmal zurecht und – es ist kaum zu glauben – setzte ihm seine Sonnenbrille auf."

Bei der Erinnerung lachte sie hysterisch auf. Ihre schrille Stimme war schwer zu ertragen.

Die Hartmann verteidigte sich: „Ich wollte die Sonnenbrille eigentlich als Souvenir behalten, aber die hätte mich auch irgendwann noch verraten können. Ach, und so mit Sonnenbrille gefiel er mir auch viel besser, als er da so regungslos, so leblos lag. Oder saß? Es war ein Mittelding von beiden."

Die Schmedes fiel ihr ins Wort:

„Ein paar größere Steine hatten wir vorsorglich beiseite gelegt, die wir um seinen Körper drapierten. Es war jetzt an der Zeit, ein paar letzte Worte an „unseren" Bernhard zu richten. Wer von uns sollte das übernehmen? Beinahe hätten wir deshalb eine Münze geworfen, doch dann einigten wir uns, dass jede für sich in aller Stille von Bernhard Abschied nehmen sollte. Immerhin waren unsere Empfindungen zwar ähnlich, aber nicht identisch. Das ewige Getröte der Signalhörner von den Gleisbauern war vor allem in diesem Moment sehr störend.

Schließlich waren wir fertig, nickten uns zu und lagen uns kurz weinend in den Armen. Tränen über den Verlust des Menschen, den jede von uns beiden sehr geliebt hatte. Tränen über die Tat, die wir begangen hatten, konnte ich mir verkneifen, denn ich stehe nach wie vor zu unserer Tat. Ich weiß ja nicht, wie es dir geht."

Die letzten Worte hatte sie an die Hartmann gerichtet. Mit Tränen in den Augen stammelte die leise:

„Ja, es war richtig so!"

„Die Arbeit ging weiter, denn wir mussten ja Sand und Erdreich, alles was wir aus dem Bachbett gegraben hatten, zurück befördern. Mit dem Doppelspaten war das nun gar nicht möglich. Es blieb uns nichts anderes übrig,

wir mussten zum Baumarkt fahren. Wir investierten noch einmal Geld für Bernhards letzte Ruhestätte und kauften eine Schaufel und eine kräftige Harke. Ach so – und einen Benzinkanister."
„Wir ist gut! Bezahlt hab ich mal wieder. Nicht gerade das Billigste hast du ausgesucht, aber an der Kasse hast du dich verkrümelt.
Mein Gott, wie habe ich mich geschämt, so verschwitzt und abgekämpft unter die Leute zu gehen. Bei der Tankstelle gegenüber haben wir den Kanister gefüllt. Ich wagte allerdings nicht, an der Tanke nach einem Feuerzeug zu fragen. Also sind wir weiter zum Supermarkt, haben Cola, ein paar Bananen, Würstchen und vor allem ein Stabfeuerzeug gekauft. Das war besser als ein normales Feuerzeug - hätte ja noch gefehlt, wenn sich eine von uns beim Abfackeln des Audis die Pfoten verbrannt hätte.
Es war gut, für kurze Zeit etwas Abstand zu Bernhards Grab zu bekommen."
Die Schmedes übernahm das Wort:

„Die nächsten Arbeitsgänge stellten eine neue Herausforderung für unsere geschundenen Bandscheiben dar. Eine schaufelte den Sand, der mit Kies und größeren Steinen vermischt war und die andere verteilte alles, so gut es ging, im schmalen Bachbett. Sämtliche Gelenke schmerzten, die Schultern, Knie, Hüften und vor allem der untere Rückenbereich.
Tröt, Tröt – fürchterlich! Dieses nervtötende Signalhorn raubte uns den letzten Nerv.
Behutsam bedeckten wir Bernhards Kopf mit dem Sandgemisch, bis auch kein Zipfelchen vom Strohhut mehr zu sehen war.
Dann kam der große Augenblick: Wir mussten jetzt die Bohlen auf der anderen Seite des Rohres entfernen, damit das Wasser wieder fließen konnte. Wir hatten den Eindruck, als hätten die sich richtig fest gesaugt. Soviel wir auch daran zerrten und ruckelten, es war, als wollten sie sich keinen Millimeter von der Stelle bewegen. Irgendwann hatten wir die obere Holzbohle entfernen können und sahen, wie das Wasser schnell seinen Weg suchte. Es dauerte bestimmt eine halbe Stunde, bis wir auch das

untere Brett heraus befördern konnten. Und immer im Hintergrund dieses Tröt-Tröt-Tröt. Der kleine Stau war beseitigt, das Wasser floss! Wir waren endlich fertig! Aber dann schrie Renate auf!"
„Das fließende Wasser hatte wohl Hohlräume neben Bernhards Leichnam aufgefüllt. Eindeutig waren Spuren unserer Aktion zu erkennen. Sogar die Umrisse des Strohhutes waren wieder sichtbar. Wir griffen erneut zu Schaufel und Harke und suchten weiter unten im Bachbett nach größeren Steinen. Erst nachdem wir ordentlich nachgebessert hatten, beschäftigten wir uns mit dem nächsten Thema: Das Abfackeln des Autos."
Gisela fühlte sich wie im falschen Film und nicht wie im wahren Leben. Eins musste sie der Schmedes lassen: Erzählen konnte die, als sei man selbst dabei gewesen. Das lag wohl an ihrer Gabe, die sie als Hobby-Schriftstellerin einsetzte.
Wie entsetzlich waren die beiden Frauen mit dem armen Bernhard umgegangen! Sicher hätte er eine Strafe verdient, aber doch nicht auf diese Weise! Hätten sie Anzeige gegen

ihn erstattet, wäre er sicher auch verurteilt worden.

Darüber hinaus vergaß Gisela zwischendurch ihre eigene missliche Lage. Meistens gelang es ihr, den grausigen Bericht über den Mordfall in allen Einzelheiten im Kopf zu behalten. Noch wusste sie nicht, ob sie der Polizei jemals davon berichten könnte. Das genau wollte sie, ganz sicher! Ja, sie wollte die beiden ausliefern, aber dazu müsste sie sich erst aus dieser verflixten Situation befreien. Aber wie? Zu blöd auch, ihr rechter Arm fing an zu kribbeln. Kein Wunder, wenn sie sich nicht bewegen konnte. Vergeblich versuchte sie, darauf aufmerksam zu machen, aber die Schmedes setzte ihren Bericht wie eine Besessene fort:

„Zuerst durchsuchten wir Bernhards Wagen nach Wertgegenständen. Das Smartphone und die Brieftasche nahmen wir natürlich an uns. Immerhin lagen noch 250 € in der Brieftasche, die etliche Fächer hatte. Darin fanden wir acht Fotos von Frauen, etwa in unserem Alter. Unsere waren auch dabei. Neugierig schauten wir auf die Rückseiten und hofften, Namen oder Telefonnummern darauf zu finden.

Lediglich Zahlen und ein paar Striche oder Kreuze waren darauf vermerkt und wir dachten schon, er hätte die Fotos nummeriert. Aber so konnte es nicht sein, es schien, als habe er Schulnoten verteilt."

„Ja, und ich hatte eine 2 +", mischte sich die Hartmann ein und machte dazu ein richtiges „Ätsch-Bätsch-Gesicht". Wenigstens hier hatte sie scheinbar die Schmedes einmal übertreffen können. Schade, deren Note hatte Gisela nicht erfahren können.

„ Zuerst fuhren wir meinen Wagen ein Stück zurück, bevor wir den Audi TT mit Benzin übergossen. Natürlich hatten wir die Kennzeichen vorher abmontiert. Spaten, Harke, die Holzbohlen und alles, was wir für Bernhards Begräbnis gebraucht hatten wollten wir gleichzeitig mit verbrennen.

Renate brachte sich schon mal im Auto in Sicherheit, während ich die gelegte Lunte anzündete. Dann nahm auch ich Reißaus und suchte Schutz im Wagen. Aus der Ferne beobachteten wir das Schauspiel, schließlich mussten wir ja sicher sein, dass Bernhards

Auto mit den verräterischen Spuren und den Beweisstücken zum Opfer der Flammen wurde.

Als wir uns davon überzeugt hatten, dass das geklappt hatte, fuhren wir endlich nach Hause zurück."

„Nie in meinem Leben war ich so geschafft, physisch und psychisch. Alle Glieder taten höllisch weh und erst der Rücken…

Nicht zu vergessen die Blasen auf den Handinnenflächen!", beklagte sich Frau Hartmann, mit Blick auf ihre Hände.

Gisela dachte nur: Was haben die für Nerven, wollen sie auch noch bemitleidet werden? Fühlen sich auch noch im Recht, oder? Hätte sie doch bloß die eine oder andere Frage stellen können. War aber ja auch sowieso egal. Die beiden Verbrecherinnen hatten vor Gisela ihre Tat in allen Einzelheiten gestanden. Jetzt waren sie fertig – wie sollte es weiter gehen? Dann hörte sie die beiden leise miteinander reden, nachdem sie auf den Flur gegangen waren. Leider konnte Gisela nur Bruchstücke verstehen. Sie hörte etwas davon, dass sie im

China-Restaurant essen wollten und danach irgendwo hinfahren könnten. Gisela schnappte etwas von Osnabrück auf. Dann versuchten die Monster, Giselas Schicksal zu besiegeln. Die schrille Stimme der Schmedes drang an Giselas Ohr:
„Glaub mir, als Diabetikerin hält sie es nicht lange ohne Nahrung und Medikamente aus. Die Zeit spielt für uns, wir brauchen nur zu warten, bis sie den Zuckerschock bekommt und dann ist alles schnell vorbei. Am besten, wir besorgen uns so ein rollbares Teil, um schwere Gegenstände zu transportieren. Eine Sackkarre ist nicht das richtige. So ein Gerät zum Möbeltransport vielleicht."
„Ich weiß was! Ich weiß was!" Scheinbar hatte die Hartmann einen Geisterblitz.
„Am Baumarkt gibt es größere Warentransporter, ich weiß nicht, wie ich sie nennen soll. Die sind so flach und haben eine größere geschlossene Ladefläche. Ich meine nicht die normalen Einkaufswagen!"
„ Ja, gut! Einfacher ist es vielleicht noch mit einem Wagen aus dem Getränkemarkt. Das müsste auch gehen. Wir haben aber trotzdem ein Problem, denn wir brauchen leihweise

ein größeres Fahrzeug. Wir werden uns gleich darum kümmern, wo wir kurzfristig einen Transporter leihen können. Ja und dann setzen wir sie einfach auf einer Bank ab. Am Petermoor oder an der Freudenburg vielleicht?"

„Das ist doch viel zu auffällig. An der Straße nach Neubruchhausen ist doch ein Blumenfeld. Wenn mich nicht alles täuscht gibt es da eine Bank oder eine Sitzgruppe. Ich meine da bei den Hühnerställen. Du erinnerst dich doch, das ist da, wo die von der NABU immer die Piepmätze zählen.

Oder da, wo wir neulich gesessen haben, als wir den Spaziergang durch Eschenhausen gemacht haben. Da ist es schön aber auch sehr einsam. Das finde ich noch besser."

Sie berieten also ihre weitere Vorgehensweise, das hieß, das Duo Schmedes /Hartmann hatte diese Aktion nicht geplant. Konnten sie ja auch nicht, es muss doch ein Geschenk für sie gewesen sein, dass Gisela an diesem frühen Vormittag freiwillig in die Wohnung der Schmedes gekommen war.

So sehr Gisela sich auch aufbäumte, sie konnte sich nicht befreien. Je mehr sie sich bewegte, desto mehr schnitten die breiten Klebestreifen an den Hand- und Fußgelenken ein.
Ihr Blick verriet jetzt Angst und Verzweiflung. Egal wie es ausgehen würde, lange konnte das alles hier nicht mehr dauern, egal, wie es ausgehen mochte. Immer noch hoffte Gisela auf ein Wunder, auf Rettung aus ihrer Gefangenschaft. Von den beiden Frauen hörte sie jetzt nur noch unverständliche Flüsterei, die durch die Tür zum Flur drang.
Noch einmal kamen Giselas Peinigerinnen zurück und die Schmedes begann wieder, Gisela mit dem Zeigefinger zu pieken. Wieder immer auf die gleiche Stelle, diese Mal am linken Oberarm.
„Du hast es uns ganz schön leicht gemacht, weil du freiwillig hierher gekommen bist. Für deine Schnüffelei und dafür, dass du besser, klüger und schöner sein willst als alle anderen hier, dafür bekommst du jetzt deine gerechte Strafe. Mitwisser können wir nicht gebrauchen. Du weißt ja selbst, was es für

dich bedeutet, wenn du keine Nahrung bekommst und auf dein Insulin verzichten musst. Dann erledigt sich alles von ganz allein.

Mir hat es jedenfalls gut getan, mir all die Ereignisse rund um Bernhards Tod von der Seele zu reden. Und ich glaube, Renate geht es ebenso."

Renate nickte, und Gisela meinte, feuchte Augen bei ihr erkannt zu haben. Keine Frage, die stand nicht hundertprozentig hinter all den Verbrechen – sie war nur Mitläuferin. Aber so ist es: Mitgefangen heißt mitgehangen.

Würde man sie doch nur fangen, man musste sie ja nicht gleich aufhängen. Die Höchststrafe für den geplanten heimtückischen Mord an Bernhard Hübner hatten sie verdient. Dazu noch das aktuelle Verbrechen, dessen Ausgang noch völlig offen war.

Renate sah Gisela in die Augen, drückte ihre Schulter und wandte sich schnell ab, um dann mit ihrer Waltraud die Wohnung zu verlassen. Renate hatte sich quasi schon von Gisela verabschiedet, dagegen hatte die

Schmedes nur noch einen verächtlichen Blick durch die Tür geworfen.

Jetzt war Gisela allein, konnte überlegen, welche Möglichkeiten sie überhaupt hatte, um sich zu befreien.

Im Haus zogen feine Bratendüfte durch die Räume, sicher hatte Frau Bartels wieder etwas Leckeres zubereitet. Dann ging es vermutlich auf Mittag zu. Demnach hatte Gisela etwa drei Stunden in der Wohnung der Schmedes verbracht. Dabei war ihr die Zeit viel länger vorgekommen. Sie hörte die Stimmen von Herrn Meyerholz und Herrn Bauermann, die vor der Haustür noch ein paar Worte wechselten. Unbeschwert waren sie zurück gekehrt, nichts ahnend, dass die Mörderinnen aus ihrer Wohngemeinschaft gerade im Begriff waren, einen weiteren Mord zu begehen.
Gerade als Martin und Anton mit dem Tandem ankamen, waren die Frauen Schmedes und Hartmann im Begriff, im Wagen der Hartmann das Grundstück zu verlassen.

„Ist ja seltsam", bemerkte Martin, „ist doch noch kurz vor zwölf. Die haben doch noch gar nicht gegessen. Haben sich wohl wieder 'ne Extrawurst gebraten."
Martin drückte Anton die neuen geblümten Sitzkissen in die Hand und verstaute das Tandem in der Garage.
„Ich freue mich schon auf die Königsberger Klopse. Hab schon richtig Hunger. Gisela hat die Kartoffeln bestimmt gerade aufgesetzt."
Doch die hungrigen Männer hatten sich getäuscht. Weder konnte Martin sein Überraschungsgeschenk anbringen, noch waren irgendwelche Essensvorbereitungen erkennbar.
Laut nach seinem Hummelchen rufend, durchsuchte Martin alle Räume. Vergeblich! Wo war Gisela? Wo war sie? Sollte sie sich bei Frau Bartels fest gequatscht haben?
„Ich kann ihr doch nicht hinterher spionieren, das gehört sich doch nicht. Also, hier ist sie nicht. Ihr Fahrrad steht da, wo es hingehört. Sie geht doch nicht allein spazieren! Und Lindemanns Wagen steht auch nicht im Carport, die sind noch weg. Da kann sie also nicht sein."

In Martin machte sich ein eigenartiges Angstgefühl breit. Er spürte, dass irgendetwas nicht stimmte. Mit seiner Aufregung steckte er Anton umgehend an und beide beschlossen, bei Bartels von nebenan zu klingeln.
„Ist Frau Koch bei Ihnen?" Martins Stimme überschlug sich fast vor lauter Besorgnis und Aufregung.
„Sie wollte wegen des Rezeptes für meinen Apfelkuchen kommen, aber leider war sie nicht hier", antwortete Frau Bartels, die sofort registriert hatte, dass es Grund zur Sorge gab.
„Habt ihr Frau Koch gesehen?", fragte Frau Bartels die drei Männer, die mit ihr am Mittagstisch saßen.
Alle drei verneinten, keiner von ihnen hatte Gisela gesehen.
„Frau Schmedes und Frau Hartmann sind vorhin gerade zusammen weg gefahren, aber da wird sie kaum gewesen sein. Und mit im Auto hat sie auch nicht gesessen, da waren nur die beiden, Frau Hartmann saß am Steuer."
Daran erinnerte sich Martin ganz genau.

Aufgeregt fragt Anton: „ Hast du genau nachgesehen? Ist ihr Fahrrad wirklich in der Garage?"
„Ja! Es steht da, aber Gisela ist nicht da!"
Bei den Lindemanns konnte Gisela nicht sein, in der eigenen Wohnung war sie auch nicht und keiner der Bewohner aus Nr. a hatte auch nur ein Zipfelchen von Gisela gesehen.
Martin war außer sich vor Sorgen um sein Hummelchen und er war irritiert, denn er hatte mit eigenen Augen gesehen, wie sein Schätzchen gegen halb zehn auf das Nachbarhaus zugegangen war. Natürlich hatte er längst versucht, Gisela über ihre Handy-Nummer zu erreichen, leider vergeblich. Martins Herz schlug bis zum Hals, er war rasend vor Sorge und Ratlosigkeit. Mit seinen Ängsten hatte er alle anderen angesteckt, aber keiner wusste, wo Gisela Koch zu suchen war.

Die Damen Schmedes und Hartmann hatten ein volles Programm vor sich. Zuerst fuhren sie zum Getränkemarkt, um die Einkaufswagen zu inspizieren. Ein Blick reichte, denn die waren für ihre Zwecke ungeeignet. Das Metallgeflecht war zu großmaschig und die Ladefläche zu schmal. Bevor sie sich weiter nach einem geeigneten rollenden Hilfsmittel umschauten, fuhren sie zum Autohaus Hadeler, um sich dort für einen Kleintransporter als Leihwagen zu interessieren. Sie hatten Glück, denn der VW- Bus war nicht vergeben. Dieser Wagen verfügte über acht Sitzplätze, wobei die hinteren Sitze herausnehmbar waren. Bingo, das war genau das Richtige für ihr Vorhaben. Die Schmedes schickte Frau Hartmann vor, die ihren Ausweis und die Fahrerlaubnis vorlegen musste, um den Mietvertrag unterschreiben zu können. Am nächsten Tag – so vereinbarten sie – sollte der Wagen zurückgegeben werden.

Die hinteren Sitzplätze ließen sie ausbauen, um ausreichend Platz für den Rollstuhl und somit für den Abtransport von Giselas Leichnam zu bekommen.

So fuhren die beiden nacheinander vom Tankstellen – und Werkstattgelände: Frau Hartmann in ihrem Wagen und Frau Schmedes im geliehenen Transporter, von dem die hinteren Sitzbänke ausgebaut worden waren. Auf dem Parkplatz des Baumarktes trafen sie sich wieder.

Ein Kunde transportierte gerade seinen schweren Einkauf zum Auto, in genau so einem „Warentransporter", wie sie ihn suchten.

Der war stabil genug, um darauf Gisela samt Stuhl zu befördern. Ihnen fiel ein Stein vom Herzen. Hauptsache, die Wagen waren auch am späten Abend zugängig und für einen Euro „auszuleihen". Weil sich Hunger und Durst bemerkbar machte, fuhren sie auf den großen Parkplatz hinter der Sulinger Straße, um am Alten Amtshof in Meyers Café einen kleinen Snack zu essen und vor allem, um den Kaffeedurst zu stillen. Sie nahmen draußen Platz und fanden Ablenkung, indem sie über die vorbei schlendernden Passanten lästerten. Über jeden hatten sie etwas zu meckern und bedachten die Ahnungslosen mit abfälligen Kommentaren.

„Ich hab noch eine viel bessere Idee", vermeldete die Hartmann. Wir haben doch neulich gesehen, wie hier die Tische und Stühle gestapelt und dann nach Feierabend in

den Laden gebracht wurden. So ein Transportwagen ist gerade passend für einen Stuhl. So einer - das wäre gut!"
„Du hast Recht, das haben wir doch auch neulich bei Deiermanns gesehen, als wir dort das leckere Eis gegessen haben. Die Stühle passten genau auf die Wagen, als wären sie eigens dafür gemacht worden. Lass uns doch fragen, ob so einer bis morgen früh zu verleihen ist."
„Was meinst du, wo sollen wir fragen: Hier oder bei Deiermanns? Bist du denn sicher, dass die Zeit reicht? Meinst du, sie ist dann schon wirklich…?" Die Hartmann wagte nicht, es direkt auszusprechen.
„Klar, bis heute Abend überlebt sie das nicht. Wir dürfen nur nicht den Fehler machen und allzu früh nach Hause fahren. Wir tauchen erst wieder auf, wenn es dunkel geworden ist."
Dann beratschlagten sie, was sie an diesem schönen Tag noch anstellen sollten. Vielleicht noch einmal nach Osnabrück fahren und in Bernhards Wohnung nach wertvollen Dingen suchen, die sich vielleicht noch veräußern ließen? Oder noch

einen Blick auf Bernhards Grab werfen? Nachschauen, ob alles in Ordnung war?
Oder mal einen Abstecher zum Dümmer-See machen? Das waren nur gut fünfzig Kilometer. Dort könnten sie sich den Wind um die Nase wehen lassen und hatten auch die Möglichkeit, leckeren Fisch zu essen.
Sie entschieden sich für den zweiten und den dritten Vorschlag. Beide hatten tatsächlich ein seltsames Gefühl in der Magengrube, als sie sich dem Tatort näherten. Jetzt war alles anders, nachdem sie die Arbeit erledigt hatten. Etwas zögerlich gingen sie auf die kleine Brücke zu. Das Wasser des Bächleins plätscherte seinen Weg – von der Quelle bis zur Mündung. Nur das lange Gras am Uferrand hätte verraten können, das hier etwas Ungewöhnliches passiert war, denn es war teilweise abgeknickt und noch ein wenig sandig. Doch das sollte sich bald verwachsen. Das Wasser war klar und man konnte die kleineren und etwas größeren Feldsteine auf dem Sandboden gut erkennen: Bernhards Grabsteine. Die Frauen waren zufrieden mit dem, was sie gesehen hatten und starteten in Richtung Dümmer-See.

In seiner Sorge um Gisela rief Martin bei Gaby an. Vielleicht könnte sie ihm weiterhelfen. Aber nein, Gaby wusste auch nichts über Giselas Verbleib. Mit seiner Angst hatte er Gaby aber umgehend infiziert. Die versprach, sofort zu kommen.

Gisela konnte sicher sein, dass sie mutterseelenallein auf sich gestellt war. Da war keiner, der ihr irgendwie helfen konnte. Wollte sie leben, musste sie selbst handeln. Und sie wollte leben! Was konnte sie tun?
Immer wieder hatte sie versucht, die Klebestreifen vom Mund zu entfernen, indem sie deren Enden über ihre Schultern zog. Aber es schien aussichtslos. Hatte sich ein Zipfelchen am Ende des Streifens ein wenig gelöst, so klebte sie es beim nächsten Versuch ungewollt wieder fest. Es fehlte ihr die Geduld dazu. Mist! Immerhin hätte sie laut um Hilfe rufen können.
Plötzlich fiel ihr Blick auf die Schere, mit der die Schmedes sie bedroht hatte. Die lag auf dem Tisch und es war, als riefe sie „Hol mich doch! Warum holst du mich nicht?" Es

war einen Versuch wert, möglicherweise könnte sie sich mit Hilfe der Schere von ihren Fesseln befreien.

Die Handgelenke waren an die Armlehnen gefesselt und die Fußgelenke jeweils mit den vorderen Stuhlbeinen sicher und fest verklebt. Gisela versuchte, samt Stuhl kleine Hüpfer zu vollziehen, was sich als großer Kraftakt erwies. Tatsächlich bewegte sie sich vom Fleck weg, Zentimeter für Zentimeter. Zwischendurch musste sie sich immer wieder verpusten, um dann erneut anzusetzen. Es war eine ganz neue Situation. Im Beisein der beiden Monster blieb ihr nur die Passivität, jetzt aber konnte sie im Rahmen ihrer bescheidenen Möglichkeiten aktiv sein. Langsam aber beharrlich kam sie dem Tisch näher. Es müsste ihr gelingen, die Schere mit dem Kinn auf ihren Schoß zu befördern. Mit viel Glück ließe die sich zwischen Oberschenkel und Stuhllehne einklemmen. Ob es ihr gelänge, die Handfesseln zu zerschneiden? Eine gewagte Theorie. Einen Versuch war es wert. Sie schätzte, dass sie bereits zwanzig Zentimeter geschafft hatte und darauf war sie schon richtig stolz.

Gaby kam mit ihrem Wagen um die Ecke geflitzt, nachdem sie in Syke alles stehen und liegen gelassen hatte. Gleich nach ihr fuhren auch die Lindemanns auf den Hof, die sehr erschrocken auf Giselas Verschwinden reagierten. Alle Bewohner aus beiden Häusern, dazu Gaby, standen ratlos zusammen. Sollten sie die Polizei alarmieren? Das würde kaum Sinn geben, denn es waren „erst" gut dreieinhalb Stunden vergangen, seitdem Martin Gisela zuletzt gesehen hatte, als sie auf das Nachbarhaus zugegangen war. Sie alle machten sich große Sorgen um ihre liebenswerte Mitbewohnerin. Keinem kam eine rettende Idee.

Martins Blutdruck war vermutlich in die Höhe geschnellt, sein Gesicht war puterrot vor lauter Aufregung und Sorge. Antons Gesicht war dagegen kalkweiß.

„Haben Sie etwas gegessen?", fragte Frau Bartels Martin und Anton. Als die verneinten, bot sie ihnen sofort eine warme Mahlzeit an.

„Es tut mir leid, aber ich kann nichts essen, solange Gisela nicht zurück ist", lehnte

Martin ab. Auch Anton verspürte keinen Appetit.
Frau Bartels ließ sich nicht beirren und wärmte das Mittagessen auf. Sie kochte Kaffee und stellte ein paar Flaschen Wasser auf den Tisch. Im großen Gemeinschaftsraum war Platz für alle und sie hoffte, dass einem von ihnen eine Lösung einfiel.

Wenn die Damen Schmedes und Hartmann ehrlich waren, konnten sie ihren kleinen Trip zum Dümmer-See nicht richtig genießen. Ihre Gedanken waren woanders, waren in Osterbinde bei Gisela Koch, nach deren Leben sie trachteten. War es richtig, ihr alle Einzelheiten erzählt zu haben? Frau Hartmann bezweifelte das, aber Frau Schmedes war sicher, dass das Geständnis zumindest ihr Gewissen erleichtert hatte.
„Wir waren uns doch einig: Bernhard musste weg. Er hat ja nicht nur uns betrogen, wie viele Opfer er wohl noch gehabt hat?!
Ja, und die Koch? Du musst bedenken, die hat schon zwei Morde in zwei Jahren aufgeklärt. Ich bin sicher, die hätte solange gebohrt, bis sie alles rausbekommen hätte.

Wolltest du ständig in dieser Angst leben?
Die Koch! Alle vergöttern sie! Für alle ist sie die große Heldin. Die Schönste und die Tollste, die die Sonne je beschienen hat.
Aber jetzt? Aus die Maus, die kann uns nicht mehr gefährlich werden. Die nicht!"
Schweigend hatte die Hartmann zugehört, nur manchmal zustimmend mit dem Kopf genickt.
Plötzlich schien es, als habe sie gerade eine Bomben-Idee, denn sie strahlte über das ganze Gesicht.
„Weshalb sind wir denn nicht früher darauf gekommen? Wir besorgen uns einen Rollstuhl. Ich glaube, im jedem Altenheim steht einer oder auch zwei zur freien Verfügung.
Eine von uns setzt sich rein und die andere schiebt sie einfach raus.
Oder wir fragen offiziell, ob wir uns einen Rollstuhl für einen Tag ausleihen können. Wir brauchen ihn ja nur für den Transport, danach können wir ihn ja wieder zurückbringen. Ein Grund, weshalb wir ihn brauchen, sollte uns wohl einfallen!"

„Du bist ja ein Genie! Klasse, das machen wir. Am besten organisieren wir einen, aber heute Abend so spät wie möglich. In Bassum gibt es doch mehrere Möglichkeiten. Sogar im Krankenhaus müsste einer zu finden sein, den wir vielleicht sogar ungefragt mitnehmen können. Spätestens nach dem Abendessen steht unser Plan: Wo organisieren wir einen Rollstuhl?"
Frau Hartmann war stolz und glücklich, endlich einmal ein dickes Lob von Frau Schmedes erhalten zu haben.

Karin Lindemann sorgte sich nicht nur um Gisela. Kritische Blicke auf Martin sagten ihr, dass der dieser Belastung nicht mehr lange gewachsen war. Sie nahm ihn auf die Seite und redete behutsam auf ihn ein. Seinen Blutdruck wollte sie messen, aber er ließ es nicht zu. Es war, als wolle er keine Sekunde versäumen, als wolle er sich um keinen Preis um sich selbst sorgen. Ratlos, tatenlos, machtlos, einfallslos – diesen Eindruck vermittelten sie alle.
Martin fragte sich, ob Kalle etwas ausrichten könne. Würde der empfehlen, in diesem

Moment die Polizei einzuschalten? Es gab keinen Sinn, sie konnten keine Angaben zum Verbleib von Bernhard Hübner machen. Es gab keinerlei Ansatzpunkte über seinen Aufenthalt, egal ob nun lebend oder tot. Somit konnten sie keine Verdächtigungen gegen die mutmaßlichen Täterinnen aussprechen.
Dass Gisela verschwunden war, das war eine Tatsache. Sie alle wussten, dass nach so wenigen Stunden keine Suchaktion vonseiten der Polizei eingeleitet werden würde.

Gisela hüpfte langsam aber beharrlich weiter, um ihr Ziel, die Schere, zu erreichen. Endlich hatte sie sich dem Tisch ausreichend nähern können. Schweißgebadet vor lauter Anstrengung beugte sie sich nach vorn, um mit dem Kinn die Schere in die richtige Position zu bringen, damit die in einer günstigen Lage in ihren Schoß fallen könnte. Die beiden ersten Versuche schlugen fehl. Nach dem nächsten war der Traum ausgeträumt, denn die Schere tippte kurz auf ihrem Oberschenkel auf, bevor sie zu Boden fiel.

Am liebsten hätte Gisela heulen wollen - vor Wut, Enttäuschung und aus Angst. Trotzig versuchte sie, den Tränenfluss aufzuhalten, denn sie hatte ja nicht einmal die Möglichkeit, sich die Augen zu wischen. Und auch noch blind vor Tränen zu handeln, war keine Option.

Kurz nur überlegte sie, verschnaufte noch ein paar Sekunden lang, bevor sie ihren neuen Plan in die Tat umsetzte.

Gisela erinnerte sich an die mahnenden Worte ihrer Mutter, wenn sie als kleines Mädchen mit dem Stuhl hin- und herkippte: „Kind, der Stuhl hat vier Beine, deiner auch!"

Indem sie ihr Gewicht schwungvoll nach rechts verlagerte, brachte sie den Stuhl in eine instabile Lage. Mehr und mehr holte Gisela Schwung, was ihr fast die letzten Kräfte raubte.

Noch einmal und noch einmal – endlich kippte der Stuhl mit seiner gefesselten Fracht nach rechts und knallte geräuschvoll auf den Boden. Giselas Schulter schmerzte höllisch, auch der rechte Arm auf dem sie nun unglücklich lag, denn zwischen Unterarm

und Rippen behauptete die Armlehne ihren Platz.
Könnte ich doch nur schreien, dachte Gisela, aber dann wurde ihr schwarz vor Augen….

„Was war das?", fragten sich erschrocken die versammelten Bewohner aus Nr. 69 und Nr. a.
„Das kam doch aus der Wohnung von Frau Schmedes!" „Aber die ist doch gar nicht da!" „Klingel doch mal!"
Alle riefen wirr durcheinander. Nur einer hatte sich auf den Weg gemacht. Gerd Lindemann suchte sein Büro auf, um den Ersatzschlüssel für die Wohnung von Frau Schmedes zu holen. Er rannte, als ginge es um sein Leben.
„Gefahr in Verzug!", rief er, als sich der Schüssel im Schlüsselloch drehte. Alle drängten voller Spannung vor der Tür, machten dann aber Platz für Martin, der zusammen mit Gerd Lindemann die Räume von Frau Schmedes betrat. Gaby betrat als nächste das Zimmer. Sie trauten ihren Augen nicht, als sie Gisela auf dem Boden liegend vorfanden.

„Ruft 112 an, schnell, schnell! Und Anton, hole ihr Traubenzucker, nimm Gaby mit. Wer bringt Wasser, wir brauchen Wasser!"
Karin Lindemann verschaffte sich Zutritt, sie wusste als Pflegekraft, was zu tun war. Erleichtert stellte sie fest, dass Gisela atmete. Gerd Lindemann befreite Gisela von den Fesseln an Händen und Füßen, die Schere lag ja griffbereit, direkt neben ihr. Behutsam zog Martin die Klebestreifen von Giselas Mund, bettete liebevoll ihren Kopf in seinem Schoß und strich ihr sanft über das Haar. Tränen der Erleichterung rannen ihm über die Wangen. Er hatte sein Hummelchen gefunden! Endlich! Mein Gott, was hatte seine Gisela nur erlebt.
Anton und Gaby kamen hastig zurück, die Traubenzuckerplättchen in der Hand.
Erleichtert hörten sie das Martinshorn des Krankenwagens, dem ein zweiter Wagen mit Notarztbesetzung gefolgt war.
Die Bewohner zogen sich zurück und überließen dem Notarzt und den Sanitätern den Platz. Nur Martin ließ seine Gisela nicht

aus den Augen und auch Gaby blieb in ihrer Nähe.
Es war dringend an der Zeit, Insulin zu spritzen. Die Wirkung setzte schnell ein und Gisela erwachte aus ihrer Bewusstlosigkeit. Ein paar gierig getrunkene Schluck Wasser hatten sie wieder etwas munter gemacht.
Der Notarzt beharrte auf Einlieferung ins Krankenhaus, denn es bestand der Verdacht auf Rippenprellung, eventuell sogar Rippenbrüche und eine Schulterverletzung war nicht auszuschließen. Aus einer kleinen Platzwunde an der Schläfe hatte es geblutet. Es bestand also auch noch der Verdacht auf eine Gehirnerschütterung.
„Ins Krankenhaus! Das geht nicht, ihr müsst sofort die Polizei rufen. Los Martin, ruf die 110 an."
Beschwichtigend redete der Notarzt auf Gisela ein, um sie davon zu überzeugen, dass ein Krankenhausaufenthalt unumgänglich sei.
„Sorry, aber das geht jetzt nicht! Ich habe hier erst etwas zu regeln. Das ging hier nicht nur um Kidnapping, es gilt, zwei Verbrecherinnen wegen Mordes hinter Schloss

und Riegel zu bringen. Die Zeit drängt. Es handelt sich immerhin um einen heimtückischen Mord! Ich verspreche Ihnen hoch und heilig, dass ich mich in zwei Stunden in der Notaufnahme melde."

Gisela war schrecklich aufgeregt und redete wie ein Wasserfall – sie hatte so viel zu berichten, wohl wissend, dass das unbedingt ein Fall für die Kripo war. Genau da musste sie ihre Informationen loswerden und zwar so schnell wie möglich. Als Martin und Gaby versprachen, Gisela in spätestens zwei Stunden im Krankenhaus abzuliefern, gab der Notarzt schließlich sein okay. Er schüttelte nur den Kopf, denn so etwas hatte er noch nie erlebt.

„Ach, Sie schon wieder?!", meinte der Kripobeamte bei der Begrüßung, als er Gisela wiedererkannt hatte. Die hielt ihre schmerzende Schulter und versuchte sachlich zu berichten:

„Hören sie gut zu, jetzt gibt es nur eine Kurzfassung, denn so gut geht es mir wirklich nicht. Frau Schmedes und Frau Hartmann haben einen Mord begangen, den

sie mir in allen Einzelheiten geschildert haben.
Die Beiden werden ganz sicher heute zusammen zurück kommen, in der Hoffnung, dass ich inzwischen den Löffel abgegeben habe. Ihnen war bekannt, dass ich nicht ewig ohne Nahrung und Insulin überleben kann. Sie werden kommen, um meine sterblichen Überreste zu entsorgen. Irgendwo wollten sie mich auf einer Bank abladen, so war der Plan. Ist doch praktisch, Sie brauchen nur hier in der Wohnung zu warten. Die werden kommen, garantiert!
Sie haben gestanden, Bernhard Hübner aus Osnabrück umgebracht zu haben. Alle Einzelheiten zum Mordfall erzähle ich Ihnen morgen, versprochen. Es ist wohl wirklich besser, wenn ich erst ins Krankenhaus gehe. Ach, eins noch, wenn sie ein Geständnis hören wollen, wenden sie sich zuerst an Frau Hartmann. Die ist alldem nicht gewachsen, die wird schnell umkippen und gestehen."
Martin und Gaby waren froh, dass Gisela jetzt doch das Verlangen nach Ruhe und nach einer gründlichen Untersuchung verspürte.

Hastig packte Martin die nötigsten Dinge fürs Krankenhaus zusammen und brachte schnell noch den besorgten Anton auf den neuesten Stand.
Martin und Gaby lieferten Gisela ab und nach kurzer Absprache verabschiedeten sie sich schweren Herzens. Gisela musste erst einmal zur Ruhe kommen, notfalls mit einem entsprechenden Medikament. Wären sie länger bei ihr geblieben, hätte sie bestimmt das ganze schreckliche Geschehen Revue passieren lassen und alles haarklein berichtet. Es war besser, damit bis morgen zu warten, so neugierig und interessiert sie auch waren.
Die Hauptsache, sie hatten Gisela gefunden und durch ihr Eingreifen das Leben gerettet.
Was für ein Tag!

Keiner fühlte sich so recht wohl in seiner Haut, am wenigsten natürlich Gisela. Nicht nur die Rippenprellung verursachte starke Schmerzen, auch die rechte Schulter mochte sie kaum bewegen. Die Übelkeit ließ tatsächlich auf eine Gehirnerschütterung schließen. Die schwankenden Zuckerwerte wurden in regelmäßigen Abständen überprüft. Die seelischen Schmerzen dagegen waren nicht messbar. Der behandelnde Arzt empfahl die Konsultation eines Psychotherapeuten, um die Qualen durch ihre Gefangenschaft besser verarbeiten zu können. Das wichtigste war, dass Gisela sich langsam beruhigte. Schlaf war die beste Medizin. Wie sehr wünschte sie sich Martin oder Gaby an ihre Seite. Nur zu gut wusste sie aber auch, dass sie in diesem Fall umgehend ihrem Mitteilungsbedürfnis nachkommen würde: Sich alles von der Seele reden. Brühwarm! Schlaf war wohl die beste Medizin. Es war für alles gesorgt, die Kripobeamten würden die beiden Täterinnen in der Wohnung der Schmedes in Empfang nehmen. Und Bernhard Hübner konnte ohnehin keiner mehr zum Leben erwecken. Falls die beiden sich nicht geständig zeigten, würde sie gleich morgen ihre Aussage machen.

Alles wird seinen Weg gehen, der morgige Tag wird für sich selbst sorgen, dachte Gisela noch und fiel in tiefen Schlaf, denn außer einem Schmerz- hatte sie auch ein starkes Beruhigungsmittel bekommen.

Martin lief in der Wohnung wie ein Tiger im Käfig umher. Zu gern hätte er an Giselas Bett gesessen, Händchen gehalten und vor allem, ihr zugehört. Sein Verstand sagte, dass es in der Tat besser war, Gisela die Ruhe zu lassen, die sie so dringend brauchte. Der behandelnde Arzt hatte zugesagt, sich umgehend zu melden, sollte Martins Anwesenheit erforderlich sein.
Der arme Anton fühlte sich wieder einmal richtig hilflos, denn er konnte kaum Hilfe beisteuern. Er war aber für Martin da, hörte ihm zu und schon das allein war wichtig.
Irgendwie platzten beide vor Neugier, denn sie kannten keinerlei Einzelheiten über Giselas Gefangenschaft und auch nicht über den Mord an Bernhard Hübner.

Die verbliebenen Hausbewohner aus Nr. a versammelten sich. Es hatte den Anschein, als hätte sich bei ihnen ein schlechtes Gewissen breit gemacht. Sie hatten sich zu sehr auf Gisela verlassen, ihr so manche Entscheidung überlassen, Unbequemes auf sie abgewälzt, sie Probleme lösen lassen und auf ihr Know-how gesetzt. Jetzt hatte Gisela bitter dafür büßen müssen und das tat ihnen aufrichtig leid. Sie überlegten jetzt schon, auf welche Weise sie sich nach Entlassung aus dem Krankenhaus bei Gisela erkenntlich zeigen könnten. Gerd und Karin Lindemann hatten sich dazu gesellt, denn sie wollten sich nicht entgehen lassen, wie die Falle für die Schmedes und die Hartmann zuschnappte. War es richtig, Martin, Anton und Gaby dazuzuholen? Vielleicht wollten die lieber unter sich bleiben.

Zwei Beamte der Kripo hatten gegen achtzehn Uhr ihr Fahrzeug vorsichtshalber auf Freyes Parkplatz abgestellt und Lindemanns Anwesen per Pedes erreicht. Sie waren zwar mit Zivilfahrzeugen unterwegs, doch hielten sie es für besser, dass keine fremden Autos im nahen Umkreis des Hauses Nr. 69 abgestellt waren. Sie hatten keine Ahnung, was auf sie zukommen würde, denn sie hatten lediglich vom Kidnapping erfahren. Klar, das war eine Tatsache, denn für Giselas Befreiung gab es genug Zeugen. Und das war eine Straftat, da

gab es keine Zweifel. Was war mit einem Mordfall, von dem ihnen berichtet worden war?
Somit warteten sie in der verschlossenen Wohnung von Frau Schmedes auf die Dinge, die bald passieren sollten. Könnte wohl noch langweilig werden, denn keiner wusste, zu welcher Zeit die beiden Frauen auftauchten.
Manchmal unterhielten sich die beiden Kollegen, doch meistens beschäftigten sie sich mit ihren Smartphones. Irgendwie misstrauten sie den bislang erhaltenen Berichten. Sie wollten sich erst nach direktem Kontakt zu den Beschuldigten ihre eigene Meinung bilden.

Martin rief bei Bartels an und erkundigte sich, weshalb die Kripobeamten noch nicht erschienen seien. Ihm und auch Gaby und Anton war entgangen, dass die Kripoleute zu Fuß angekommen waren.
Der Arzt aus dem Krankenhaus hatte sein Versprechen gehalten und Martin alle wichtigen Informationen mitgeteilt und dessen Fragen geduldig beantwortet. Nach Angaben des Arztes schlief Gisela tief und

fest. Eine schmerzhafte Rippenprellung war diagnostiziert worden, ebenso eine Schulterverletzung. Martin hatte vor lauter Aufregung nicht verstanden, was genau mit diesem komplizierten Gelenk passiert war. Zum Glück war die Platzwunde an der Stirn nicht so groß. Deutliche Anzeichen für eine Gehirnerschütterung hatten sich erfreulicherweise doch nicht gezeigt. Vermutlich würde es bei einem kurzen Klinikaufenthalt bleiben, aber das hinge von Giselas seelischer Verfassung ab. Martin könne sie morgen ab zehn Uhr besuchen. Dann ließ der Arzt Martin wissen, dass man es ermöglicht hatte, Gisela in einem Einzelzimmer unterzubringen. Im Krankenhaus wurde schon richtig vermutet, dass, sobald die Ärzte es zuließen, Befragungen durch die Kripo vorgenommen würden.
Es war bereits nach 21 Uhr, als ein VW-Transporter mit Werbung des Bassumer Autohauses Hadeler auf den Parkplatz von Frau Hartmann fuhr. Im Lichtschein konnten sich alle auf dem Lindemannschen Grundstück davon überzeugen, wie die beiden Frauen die hintere Wagentür öffneten

und einen Rollstuhl ausluden. Alle, bis auf einen: Anton, der sich die Einzelheiten haarklein von Martin berichten ließ.

Es schien, als seien die beiden Frauen in guter Stimmung, denn sie alberten offensichtlich herum. Frau Schmedes forderte Frau Hartmann auf, sich in den Rollstuhl zu setzen und sie fuhr, nachdem sie ein paar Ehrenrunden gedreht hatte, auf die Haustür zu.

„Gleich ist alles vorbei und wir sind in Sicherheit. Wir haben es geschafft. Weil die Koch uns nicht mehr verraten kann, haben wir den perfekten Mord begangen und keiner wird uns etwas nachweisen können. Keiner!"

Siegessicher bekräftigte die Schmedes ihre Gefühle, Empfindungen und Gedanken mit dem letzten Wort: „ Keiner!"

Wie sehr sie sich getäuscht hatte, musste sie ganz schnell zur Kenntnis nehmen. Nachdem sich der Schlüssel im Schloss gedreht hatte, öffnete sie die Tür und griff nach dem Lichtschalter. Frau Hartmann hatte sich aus Jux bis vor die Tür kutschieren lassen.

„Scheiße!", entfuhr es der Schmedes, als sie statt der verstorbenen Gisela Koch zwei fremde Männer in ihrer Wohnung vorfand. Sie drehte auf dem Absatz um, wohl wissend, dass sie keine Chance zum Entkommen sah.

Zu gern hätten alle anderen aus den beiden Nachbarhäusern Mäuschen gespielt, aber die Gespräche und Verhöre fanden hinter verschlossenen Türen statt.

Der Tipp von Gisela, sich zuerst an Frau Hartmann zu wenden, war goldwert. Es dauerte gar nicht lange, bis die in Tränen ausbrach und Teilgeständnisse über die Lippen brachte. Immer wieder verstrickte sie sich in Widersprüche, meistens einen ängstlichen Blick auf Frau Schmedes werfend. Zunächst stand nur die Entführung von Gisela zur Debatte. Von dem rätselhaften Mordfall wurde von den Kripoleuten noch kein Wort erwähnt, denn dazu brauchten sie vorher die Aussagen von Gisela.

Flüsternd unterhielten sich die Bewohner über das, was sie sehen konnten und das, was sie vermuteten. Sie hätten sich in der Wohnung des Ehepaars Bartels ruhig in normaler Lautstärke unterhalten können, doch es erschien im Flüsterton alles mysteriöser und schauriger.

Ihnen entging nicht, wie einer der Beamten mit Frau Hartmann in die obere Etage ging. Sicher hatte sie ein Köfferchen mit dem Nötigsten zu packen.

Im anderen Haus standen Gaby, Martin und Anton am geöffneten Fenster und versuchten, die Geschehnisse zu verfolgen.

Nach knapp einer Stunde öffnete sich die Haustür und beide Frauen wurden jeweils durch einen Beamten aus dem Haus geführt. Tatsächlich - man hatte ihnen sogar Handschellen angelegt. Dann übernahm einer der Beamten beide Frauen, vermutlich wollte der andere den Wagen von Freyes Parkplatz holen.

Martin und Gaby mutmaßten, wohin die beiden Verbrecherinnen gebracht würden. Nach Syke? Oder Verden? Oder gleich nach Vechta, in den Frauenknast? Sie wussten es nicht. Noch einmal vernahmen sie die schrille Stimme von Frau Schmedes: „Das geht jetzt nicht. Wir müssen erst den Leihwagen und den Rollstuhl zurückbringen!"

Mit ruhiger Stimme antwortete der Beamte: „Seien Sie unbesorgt, das geht! Wir werden uns um alles kümmern."

Schade, dass Gisela nicht sehen konnte, wie den Frauen beim Einsteigen in den Wagen der Kopf ohne Gewalt aber mit sanftem Druck nach unten gerückt wurde. Bei diesem Bild hatte sie sich schon in so manchem Krimi amüsiert, aber es live zu sehen, war schon etwas anderes. Und jetzt lag die Arme mutterseelenallein im Krankenhaus und er, Martin, konnte nicht bei ihr sein. Um sich zu beruhigen, rief er noch einmal im Krankenhaus an, um sich nach Giselas Befinden zu erkundigen. Eine nette Schwester versicherte ihm, dass sie nach wie vor tief und fest schlafe.

Gaby rüstete sich für die Heimfahrt nach Syke. Schade, dass Kalle das alles nicht mit erlebt hatte, denn er hielt sich noch in Dänemark auf. Gaby hatte ihn ständig per WhatsApp auf den aktuellen Stand gebracht. Sicher hätte er als erfahrener Ermittler vor Ort in dieser Angelegenheit auch nichts ausrichten können.

Was für ein Tag! Der nächste würde nach Giselas Aussage sicher mehr Licht ins Dunkel bringen. Es war schon kurz nach Mitternacht, als kein Lichtschein mehr aus den Fenstern der Häuser 69 und Nr. „a" zu sehen war.
Dieser Tag war allen gehörig an die Nieren gegangen.

Alle im Krankenhaus waren rührend um Gisela bemüht, obwohl niemand wusste, was wirklich passiert war. Sie alle hatten gerüchteweise etwas vernommen, dass Gisela Opfer einer Gewalttat geworden war und deshalb meinten sie wohl, diese Patientin mit Samthandschuhen anfassen zu müssen und ihr extra freundlich zu begegnen. Die Schwestern maßen Zuckerwerte, Blutdruck, Puls und nahmen noch einmal Blut für einen Labortest ab. Nachdem am frühen Morgen alle möglichen Messungen gute Ergebnisse zeigten, stand ärztlicherseits einer Befragung durch die Kripo nichts im Wege. Vor allem aber stimmte auch Gisela der Befragung zu, die sich nach dem langen erholsamen Schlaf wieder erstaunlich wohler in ihrer Haut fühlte. Allerdings äußerte sie einen Wunsch: Bei ihrer Aussage im Krankenzimmer wollte sie Martin und Anton an ihrer Seite haben. Sie versicherte, dass sich beide passiv verhalten würden, doch sei es ein Bedürfnis, alle Einzelheiten zu dem Mordfall und zum geplanten Mord nur einmal erzählen zu müssen.

Kurz vor zehn standen Martin und Anton im Krankenhaus auf der Matte, wobei Anton sich zunächst etwas zurückhielt, als Martin das Krankenzimmer mit einer langstieligen Rose in der Hand betrat. Lange hielt Martin sein Hummelchen fest im Arm und die nicht gesprochenen Worte sprachen Bände. Martin unterließ es, Gisela Vorhaltungen zu machen, auf die sie schon gefasst war. Als Martin seine liebevolle und schützende Umarmung lockerte, hatten beide Tränen in den Augen.
„Haarscharf, das war wirklich haarscharf! Da bin ich ja noch mal glimpflich davongekommen. Das hätte durchaus anders ausgehen können", meinte Gisela und Martin antwortete darauf:

„Wie gut, dass deine Flügel noch nicht gewachsen waren und die da oben jetzt noch lange auf dich warten müssen."

Bevor nun auch Anton an Gisela Bett trat, kam Schwester Monika, deren Dienst gerade begonnen hatte, um Giselas Zuckerwerte zu kontrollieren. Schon gestern hatte sie sich rührend um Gisela gekümmert. Sie nahm sich ein paar Minuten Zeit, um einige Worte zu wechseln. Dabei verriet sie, dass sie ab nächsten Monat ihr Rentnerdasein genießen wolle.

Endlich war Anton an der Reihe, seine Mitbewohnerin zu begrüßen. Wortreich bekräftigte er, wie froh er war, dass alles doch noch ein gutes Ende gefunden hatte. Irgendwie waren die Drei in einer Art Wartestellung, denn noch wechselten sie kein Wort zu den unglaublichen Vorfällen vom Vortag.

Gegen elf kamen zwei Beamte der Kripo ins Krankenzimmer. Freundlich fragten sie, ob Gisela schon in der Lage sei, ihre Fragen zu beantworten. Sie selbst solle die Länge des Gesprächs bestimmen, das aufgezeichnet werden sollte.

Martin hielt Giselas Hand, während sie mit leiser Stimme begann, von dem Besuch bei Frau Schmedes und Frau Hartmann zu berichten. Bevor sie mit ihrer Aussage anfing, gestand sie, wie leichtsinnig und dumm ihr Besuch aus heutiger Sicht gewesen war.

Vier Männer, die beiden Beamten, Martin und Anton trauten ihren Ohren nicht, denn das, was sie da hören mussten, hatten sie in ihren kühnsten Träumen nicht vermutet. Sachlich, fast emotionslos gab Gisela das Geständnis der beiden Täterinnen weiter.

Wie gut, dass Gisela den Ort des Geschehens recht gut beschreiben konnte, so ließ sich alles nachvollziehen. Ansonsten hätten man vielleicht an Giselas Glaubwürdigkeit gezweifelt.

„Der kleine Bach muss sich in geringer Entfernung zu der Stelle befinden, an der der verbrannte Audi gefunden wurde. Ich bin sicher, dass der Ort westlich der Bahnlinie liegt, weil die beiden mehrfach im Baumarkt und bei McDonalds waren. Ich vermute, dass die Wiese und die kleine Brücke über den

Bach im Besitz des Bruders von Frau Schmedes sind."
Die beiden Beamten sahen sich zwischendurch häufiger stumm an. Ihr Erstaunen über das Handeln der beiden Frauen konnten sie gut verbergen. Nur selten unterbrachen sie Gisela, um ein paar Verständnisfragen zu stellen. Gisela konnte nur berichten, die Beweise musste die Kripo sichern und den Täterinnen, wenn es gut lief, ein Geständnis entlocken.
Mehrfach hatte Gisela darauf hingewiesen, dass Frau Hartmann allein vermutlich nie auf die Idee gekommen wäre, diese Straftaten zu begehen. Anstifterin und Ideengeberin war in jedem Fall Frau Schmedes, daran ließ sie keinen Zweifel. Ob diese Aussage das Strafmaß beeinflussen würde?

Leise klopfte es und Schwester Monika steckte den Kopf durch den Türspalt.
„Entschuldigung, bitte verlassen Sie für einen kurzen Moment das Krankenzimmer. Eine Stunde ist vorüber und ich muss mich um die Messergebnisse meiner Patientin kümmern", hörte man ihre nette Stimme.

Schon nach gut fünf Minuten konnten die Herrschaften das Zimmer wieder betreten. Martin sah noch, wie Schwester Monika den Kopf schüttelte. Waren die Ergebnisse besorgniserregend?
Anton war auf dem Flur geblieben, um die Schwester zu bitten, ihm den Weg zur Besuchertoilette zu zeigen. Schwester Monika nahm erst jetzt zur Kenntnis, dass Anton sehbehindert war. Anton fand es sehr freundlich von Schwester Monika, dass sie auf dem Flur auf seine Rückkehr gewartet hatte, um ihn wieder bis zu Giselas Zimmer zu begleiten.
„Wollen Sie sich noch ein wenig unterhalten? Dann können wir uns für ein Weilchen auf die Bank setzen, ich habe nämlich jetzt Pause. Leisten Sie mir Gesellschaft?"
Diese Bitte konnte Anton der netten Schwester mit der angenehmen Stimme nicht abschlagen. Die war der Meinung, dass Anton der Bruder von Gisela sei. Dieser Irrtum wurde umgehend aufgeklärt und Martin erzählte von der Wohngemeinschaft. Jedes Mal, wenn es Anton wieder bewusst

wurde, welches Glück er hatte, Gisela und Martin kennengelernt zu haben und in einer neuen Gegend sesshaft geworden zu sein, wurde ihm ganz warm ums Herz, was sich kaum verbergen ließ.

Wie lange hatte es eine ähnliche Situation für Anton schon nicht mehr gegeben, er allein mit einer so netten Frau auf einer Bank? Viel zu lange! Doch es war seltsam, denn für einen Moment vergaß Anton sogar das ganze Geschehen um Gisela, Frau Schmedes und Frau Hartmann. Er versuchte, das Gespräch mit Schwester Monika zu vertiefen, nahm seinen Mut zusammen und fragte sie nach ihrer Lebensplanung nach Eintritt in den Ruhestand.

„Ich sollte mein ganzes Leben umkrempeln. Für mich stand immer mein Beruf, oder besser meine Berufung im Vordergrund. Der Umgang mit Patienten hat mich erfüllt. Dabei ist mein Privatleben auf der Strecke geblieben. Meine Ehe wurde schon vor zwölf Jahren geschieden, meine Tochter ist seit über zwanzig Jahren in Bayern verheiratet. Leider sehe ich sie und ihre Familie viel zu selten. Na und Freunde? Freundschaften kann man kaum pflegen, wenn man Schichtdienst leisten muss.

Am liebsten würde ich mein Leben in Zukunft ganz anders gestalten und mich auch räumlich verändern. Meine kleine Eigentumswohnung muss ohnehin renoviert werden. Ich sollte sie vermieten und mich selbst nach einer neuen Bleibe umsehen. Bitte entschuldigen Sie, ich wollte Ihnen nicht die Ohren voll quaken!"

„Wie gut ich Sie verstehen kann. Mir ging es ja ähnlich." Anton erzählte von seiner Zeit, in der er als Physiotherapeut gearbeitet hatte. Gerade als er von seinem zufriedenen Leben in der WG erzählen wollte, öffnete Martin besorgt die Tür, um nach seinem Freund zu sehen. Anton bekam fast ein schlechtes Gewissen, weil er Gisela eine Zeit lang gedanklich vernachlässigt hatte. Aber diese Schwester Monika! Das war wirklich eine Nette. Freundlich verabschiedete Anton sich von seiner Gesprächspartnerin, um sich wieder im Krankenzimmer einzufinden.

Vorerst hatten die Kripobeamten keine Fragen mehr an Gisela. Sie bedankten sich für ihre präzisen Angaben und wünschten noch eine gute Besserung bevor sie sich verabschiedeten. Für sie ging es jetzt darum, den Tatort zu untersuchen und Bernhards Leiche zu finden. Wenn sich jedes Verbrechen so schnell dank Mithilfe einer Zeugin aufklären ließe, gäbe es in der Tat viel weniger Arbeit für sie.

Vom Arzt erfuhr Gisela, dass sie wegen ihrer schwankenden Werte noch eine weitere Nacht im Krankenhaus verbringen sollte. Sie und auch Martin und Anton bedauerten das sehr, ließen dann aber doch die Vernunft siegen. Viel wichtiger war, dass Gisela Abstand zu dem grausigen Geschehen bekommen konnte. Gisela selbst hatte beschlossen, nach vorn zu schauen und nicht zu viel Gedanken an die Geschehnisse der letzten Tage zu verschwenden. Dabei war sie selbst nicht sicher, ob ihr das gelingen würde.
Schon mehrfach hatte Gaby versucht, Martin telefonisch zu erreichen, um den neusten Stand zu erfahren. Er ließ Gaby wissen, dass Gisela sich über einen kurzen Besuch am Nachmittag freuen würde. Es war in-

zwischen kurz vor Mittag und Martin und Anton hielten es für besser, Gisela nach der Aufregung die nötige Ruhe zu gönnen. Auch sie versprachen, sich noch einmal am späten Nachmittag sehen zu lassen.

Als Schwester Monika Gisela das Mittagessen brachte, nahm sie sich Zeit für ihre spezielle Patientin. In der Regel reichte die Arbeitszeit selten für ein Schwätzchen am Krankenbett. Aber für die letzten Wochen ihres Berufslebens sah Schwester Monika das nicht mehr so eng und sie gestaltete sich den Arbeitstag ohne die Zwänge der letzten Jahre. Nachdem sie ihre Patientin Gisela gut versorgt sah, richtete sie das Gespräch auf Anton:
„Vorhin habe ich mich sehr nett mit ihrem Freund unterhalten, von dem ich annahm, dass es Ihr Bruder sei. Ist ja bewundernswert, wie er sein Leben mit der Sehbehinderung meistert."
Da auch Gisela etwas Abwechslung gut tat, lenkte sie das Gespräch weiter in die persönlicheren Bereiche und sie erfuhr, dass Schwester Monika einen Wohnungswechsel

in Erwägung gezogen hatte. Und schon ratterte es wieder in Giselas Kopf. In Nr. a wurden ganz sicher in Kürze zwei traumhaft schöne Wohnungen frei: eine im Erdgeschoss und eine Oberwohnung. Schwester Monika, so wie Gisela sie mit ihrer sympathischen Art kennengelernt hatte, wäre eine ideale Mitbewohnerin, vielleicht sogar eine gute Freundin oder mehr für Anton. Und genau damit setzte sie Schwester Monika einen Floh ins Ohr.

In Osterbinde wurden Martin und Anton voller Spannung von Lindemanns und den Mitbewohnern erwartet. Sie alle waren besorgt um Gisela und sie hofften, näheres über die Ereignisse des Vortages zu erfahren. In der Wartezeit hatten sie schon überlegt, wie sie sich bei Gisela erkenntlich zeigen könnten. Die Vorschläge waren großzügig: von einem Musical-Besuch mit Übernachtung, einem Essen beim Sternekoch, das in Kürze wieder bei Freye stattfinden sollte und von einer Ballonfahrt war die Rede gewesen.

Alle hörten wie gebannt zu, als Martin und Anton von den Verbrechen ihrer Mitbewohnerinnen berichteten. Solche Grausamkeiten hatten sie weder Frau Schmedes noch Frau Hartmann zugetraut. Es blieben noch Fragen über Fragen, auf die Gisela vielleicht eine Antwort gewusst hätte. Martin fand es richtig, die Mitbewohner zu informieren, bevor sie die Einzelheiten in der Zeitung gelesen hätten.

Martin und Anton überlegten, ob sie an diesem ungewöhnlichen Tag auf den obligatorischen Mittagsschlaf verzichten sollten. Alles war so ungewöhnlich, denn in ihrem Trio fehlte ein Drittel, ein ganz besonderes Drittel. Bevor sie sich dann doch etwas Ruhe gönnen wollten, fragte Anton ganz spontan:
„Wie sieht sie eigentlich aus?", worauf Martin antwortete:
„Ob du es glaubst oder nicht, man sieht ihr die Strapazen nicht unbedingt an. Als sie die Kripobeamten empfangen hat, lag sie im Bett und sah aus wie aus dem Ei gepellt. Diese Frau ist einfach ein Phänomen! Mir kann

aber doch keiner sagen, dass sie das alles so einfach wegsteckt. Wir müssen sehr behutsam und rücksichtsvoll mit ihr umgehen, wenn sie wieder hier ist. Sie kann sich jederzeit bei mir und sicher auch bei dir aussprechen, aber sonst ist bestimmt auch Abwechslung gut für sie."
Das alles war wirklich positiv, aber Anton wollte doch etwas anderes wissen und hakte noch einmal nach:
„ Du, Martin, was ich noch fragen wollte. Wie sieht die Schwester Monika aus? Ich habe mich ganz angeregt mit ihr unterhalten und finde sie richtig liebenswürdig. So wie sie über die Flure huscht, scheint sie recht schlank zu sein. Und riesengroß ist sie auch wohl nicht. Aber wie sieht ihr Gesicht denn aus? Ist sie hübsch? Ich finde, sie hat eine angenehme Stimme."
Der Groschen fiel bei Martin mit etwas Verzögerung:
„ Ach, so läuft der Hase? Anton, sollte dir Amor über den Weg gelaufen sein? Also, sie ist etwa so groß wie Gisela, so 1,65 m und schlank ist sie auch. Ja, sie sieht hübsch aus, aber auf Einzelheiten werde ich erst beim

nächsten Besuch achten, ich war mit meinen Gedanken wirklich woanders.
Brünett ist sie, das weiß ich. Sie trägt so einen lustigen Dutt oben auf dem Kopf, das lässt sie jünger aussehen. Wart ab, ich werde nächstes Mal besser auf ihr Aussehen achten."

Seinen Mittagsschlaf hatte Anton abgebrochen und er wartete schon ungeduldig auf Martin, dem es tatsächlich gelungen war, ein Stündchen Ruhe zu finden.
Anton überfiel ihn gleich mit einer Bitte:
„Bevor wir ins Krankenhaus fahren, könnten wir doch noch eben bei Lammers anhalten, ich würde mir gern einen oder zwei Pullover kaufen."
„Klar, können wir machen. Aber willst du nicht warten, bis Gisela dabei ist? Die hat einen tollen Geschmack und könnte dich bestimmt besser beraten."
„Wenn es geht, lass uns das heute machen. Du weißt schon, ich möchte gern einen guten Eindruck machen. Jedenfalls bei einer gewissen Dame!"
Martin erfüllte gern Antons Wunsch.

Als die beiden Männer das Krankenzimmer betraten, saßen Gaby und Kalle bereits an Giselas Bett. In groben Zügen hatte Gisela ihnen die Vorkommnisse geschildert, denn es war ihr scheinbar noch nicht möglich, sich alle Einzelheiten wieder ins Gedächtnis zu rufen. Vielleicht wollte sie es auch nicht. Gisela selbst war es, die vom heiklen Thema ablenkte und die Gespräche in eine andere Richtung brachte. Natürlich war ihr auch Antons neuer Pullover ins Auge gefallen.
„Anton, ich glaube, du hast einen neuen Fan! Schwester Monika hat mich nach dir ausgefragt und wollte so einiges über dich erfahren. Ich hoffe, es ist dir Recht, dass ich etwas geplaudert habe."
Anton strahlte über das ganze Gesicht und er war froh, dass die Zuneigung zu Schwester Monika keine Einbahnstraße war. Er konnte es kaum fassen – sollte er doch noch das Glück haben, seiner Traumfrau zu begegnen? Den neuen Pullover konnte Schwester Monika leider nicht mehr begutachten, weil sie inzwischen Feierabend hatte.

Als der Arzt noch einmal nach Gisela schaute, mussten die Besucher den Raum verlassen. Ob nun Gaby und Kalle oder Martin und Anton – sie alle konnten es nicht fassen, dass Gisela schon wieder die Starke spielte. Sie waren sich einig als sie vermuteten, dass Gisela sich wegen ihres Leichtsinns Vorwürfe von ihren Lieben ersparen wollte. Es musste ihr doch klar sein, dass sie sich in Lebensgefahr befunden hatte. Konnte sie das tatsächlich alles so einfach abschütteln?
Als sie wieder zu Gisela durften, erfuhren sie auch gleich, dass sie am nächsten Vormittag mit der Entlassung rechnen könne.

„Ich hab da eine Idee", machte Gisela ihre Besucher neugierig. „Herr von Horn hat uns schon vor langer Zeit nach Lanzarote eingeladen. Jetzt wäre doch ein guter Zeitpunkt für einen Urlaub und ich könnte abschalten und entspannen. Was meint ihr?"
„Die Idee ist super, aber wir müssen sicher erst bei der Kripo nachfragen, ob du dich für weitere Aussagen zur Verfügung stellen musst", meinte Martin.

Ziemlich schweigsam reagierte Anton, denn der war in Gedanken schon wieder bei Schwester Monika. Gerade jetzt schien es ihm kaum möglich, einfach wegzufahren und nicht präsent zu sein. Als Gisela sein Zögern bemerkte, ahnte sie seine Gedanken und schlug vor: „Morgen früh ist deine Traumfrau wieder im Dienst. Dann kannst du ja noch einmal testen, ob dein Herz bei der nächsten Begegnung immer noch höher schlägt. Eins weiß ich sicher, nämlich dass du ihr nicht egal bist. Zehn Tage lang muss sie noch arbeiten. Vielleicht hat sie ja Lust, ganz unverbindlich mit uns in Urlaub zu fliegen. Die von Horns sollen uns entsprechende Hotelzimmer buchen, denn wir wollen uns ja nicht bei ihnen einquartieren."

Anton spürte, wie ihm Verlegenheitsröte ins Gesicht stieg, die anderen sahen es. Kein Zweifel, Anton war verliebt.

Am nächsten Morgen waren Martin und Anton pünktlich im Krankenhaus, um Gisela abzuholen. Sie hatte dem behandelnden Arzt das Versprechen gegeben, sich unverzüglich an einen Psychologen zu wenden, wenn sie die Erlebnisse nicht selbst verarbeiten könne. Anton hatte natürlich seinen neuen Pullover angezogen, denn er hoffte sehnlich, auf Schwester Monika zu treffen. Sie hatten nur einen kurzen Moment Zeit, sie verabredeten sich aber für den Nachmittag. Schwester Monika wollte Anton gegen sechzehn Uhr in Osterbinde abholen.

Das Ehepaar Lindemann und die verbliebenen Bewohner aus dem Haus Nr. a standen zum Empfang bereit, als Martin auf den Parkplatz fuhr. Sie alle begrüßten Gisela herzlich und Karin Lindemann überreichte Gisela einen großen Blumenstrauß. Sie sprach aus dem Herzen aller Anwesenden, als sie entschuldigend betonte, dass sie mit einer Selbstverständlichkeit und vielleicht aus Bequemlichkeit viel zu viel Verantwortung in Giselas Hände gelegt hatten. Doch sie gelobten Besserung.
Gisela antwortete:
„Erstens hätte ich mich darauf nicht einlassen müssen. Irgendwie hat es mich ja

auch geehrt, wenn sie mir Entscheidungen zugetraut haben.

Zweitens war es mein alleiniger Entschluss, die Wohnung von Frau Schmedes zu betreten. Bereut habe ich das schon häufig genug. Einzelheiten zu allem, was in den paar Stunden in der Wohnung von Frau Schmedes passiert ist, werde ich bei Gelegenheit erzählen. Bitte drängen sie mich nicht dazu.

Übrigens habe ich rein zufällig im Krankenhaus eine neue Kandidatin für eine der beiden Wohnungen gefunden. Eine Schwester Monika, die in ein paar Tagen ihr Berufsleben beenden wird. Vom Typ her wird sie gut zu uns passen. Unseren Anton würde das vermutlich am meisten freuen, oder?

Und noch ganz lieben Dank für die schönen Blumen."

Frau Bartels rief hinterher:

„Ich habe Kohlrouladen gemacht, die reichen für alle. Ich lade Sie herzlich dazu ein!"

Als Schwester Monika Anton abholte, standen zufällig Herr Bauermann und Herr

Meyerholz vor der Tür. Augenzwinkernd fragte der eine auf plattdeutsch:
„Ob dat wat ward?"
Worauf der andere zuversichtlich antwortete:
„Dat ward wat!"

Christa Bohlmann
geb. 1945, verheiratet, Bankkauffrau
seit Jan. 2008 im Ruhestand
www.Bohlmann.jimdo.com

Bereits veröffentlicht:
2000 **Erinnerungen**
　　　Heitere Schmunzelgeschichten aus den
　　　50er/60er-Jahren
　　　Eigenverlag

2001 **Mixed-Pickles**
　　　Anekdotensammlung:Wirkliches,
　　　Erlauschtes. Erlebtes, Erdachtes
　　　Eigenverlag

2002 **Kein Schatten ohne Licht**
　　　Diagnose Brustkrebs
　　　BoD ISBN 3-8311-4268-8

2003 **Die Buschs**
　　　Blicke hinter die Kulisse einer
　　　Kleinstadt- Idylle, Roman
　　　BoD ISBN 3-8311-4926-7

2005 **Kalle Korn**
Aus dem Leben eines Ermittlers, Roman
BoD ISBN 3-8334-2589-X

2006 **Bad Meinberg – einmal anders gesehen**
Fantastische Erzählung
BoD ISBN 9-783837-024462-3

2009 **Weihnachtliche Herzenswärmer**
Wahre und fantastische Kurzgeschichten
BoD ISBN 9-783839-13269-2

2009 **Aufs Mäulchen geschaut**
Anekdotensammlung von Kindern für Erwachsene
BoD ISBN 9-7838391-21337

2010 **Weihnachtliche Wintermärchen**
Fantastische Kurzgeschichten
BoD ISBN 9-783842-30652-3

2011 **Weihnachtliche Seelenschmeichler**
Fantastische Kurzgeschichten
BoD ISBN 9-783844-801804

2012 **Bella – mehr schwarz als weiß**
Roman
BoD ISBN 9-783844-801804

2013 **Weihnachtliche Plaudereien**
Weihnachtliche Kurzgeschichten
BoD ISBN 9-78732-281145

2014 **Bittersüß**
Roman
BoD ISBN 9-783735-770820

2014 **Bold is Wiehnachten**
plattdeutsche Weihnachtsgeschichten
BoD ISBN 9-783738-604139

2015 **Apfelgrün und blutrot**
Roman
BoD ISBN 9-783738-646627